丢掉一个黑夜

子川 著

东南大学出版社
·南京·

图书在版编目（CIP）数据

丢掉一个黑夜 / 子川著 . -- 南京：东南大学出版社，2024.9. --（六朝松文库）. -- ISBN 978-7-5766-1506-7

Ⅰ . I267

中国国家版本馆 CIP 数据核字第 2024C6E956 号

责任编辑：李成思　　责任校对：子雪莲　　特约编辑：罗路晗
封面设计：鸿儒文轩・末末美书　　　　　　责任印制：周荣虎

丢掉一个黑夜
DIUDIAO YIGE HEIYE

著　　者：	子　川
出版发行：	东南大学出版社
出 版 人：	白云飞
社　　址：	南京市四牌楼 2 号　邮编：210096　电话：025-83793330
网　　址：	http://www.seupress.com
经　　销：	全国各地新华书店
印　　刷：	三河市华东印刷有限公司
开　　本：	880 mm × 1230 mm　1/32
印　　张：	9
字　　数：	194 千
版 印 次：	2024 年 9 月第 1 版第 1 次印刷
书　　号：	ISBN 978-7-5766-1506-7
定　　价：	68.00 元

本社图书若有印装质量问题，请直接与营销部联系，电话：025-83791830。

目 录

第一辑　茶余絮谈

一览众山小　　002

无静之静　　005

思想的时间　　008

秘　诀　　011

捡石头　　013

杯中何物　　015

新瓶旧酒　　018

何必匆匆　　021

负暄或晒太阳与惬意的猫　　024

说"横"　　027

词汇的年龄 030

谈握手 033

关于润笔 036

说"闲" 039

表　演 041

病 044

路在何方？ 047

汉诗的难度与难度系数 049

有一块钢正在赶路 053

"回到我要的时光"——《寻找永恒》读后 057

"乐之居里居乐之"——与王乐之聊诗词 060

第二辑　灯下杂记

大桅尖记游 066

丢掉一个黑夜 071

人在旅途 073

我的遥远的…… 076

等我一千年 079

生日快乐 082

为什么我的眼中常含着泪水　　　　　　　084

夜　归　　　　　　　　　　　　　　　087

平民品格与西湖　　　　　　　　　　　090

小　巷　　　　　　　　　　　　　　　093

阳春面　　　　　　　　　　　　　　　096

打开窗户，我们看到了什么　　　　　　098

关于普希金和阿赫玛托娃　　　　　　　101

在岁月的版图上——序秀实诗集　　　　104

倒退的魅力——序黄劲松《偶然的时光》　112

把时间慢下来——序夏杰诗集　　　　　117

涂抹纸做的天空——序张厚清诗集　　　122

2008岁末杂记　　　　　　　　　　　　127

建筑与诗意——南京老城南民国建筑观瞻与座谈　131

南京街边拾遗　　　　　　　　　　　　136

有雨一夜到天明　　　　　　　　　　　139

第三辑　闲读杂议

一个正在消失的笑声——读范小青《短信飞吧》　144

蝴蝶不会说话——读范小青《城乡简史》　149

海天一如昨日——读范小青《哪年夏天在海边》　　160

谁的钟表坏了？——读范小青短篇小说《现在几点了》　169

冒犯或僭越，新诗在试错中前行

　　——读荣荣的诗歌近作　　177

具象与抽象，无理而妙的诗境

　　——读小海长诗《影子之歌》　　188

汉诗语境下的新与旧　　203

在山的高处　　208

渐东方既白，又对朝阳

　　——读蒋定之诗词集《垂袖归来》　　217

从"互文性"角度看集句诗

　　——以罗辉集句诗为例　　222

坦然的书写——读陈社《艰难的父爱》　　234

水流云在——读薛梅《一根思想的芦苇》　　238

新诗审美与文化经验——从新世纪的诗歌生态说起　　245

新世纪诗歌的遮蔽与去蔽　　261

中国书法与汉语诗歌　　270

后　记　　274

第一辑

茶余絮谈

一览众山小

　　文学在受众心中的地位，在当今这个充分物质化的社会里，变得越来越无足轻重，与此同时，另一个现象却是文化的影响力无所不在。许多人会为了唐诗中的崔颢、李白，去武汉看那座重建的"黄鹤楼"，或者赶在"烟花三月"挤到扬州来，游览瘦得几乎不能承载太多游客的"瘦西湖"。同样的道理，说出"一览众山小"，人们都知道与泰山有关，虽然现实中比泰山高的名山多了去了，据最新公布重新测定的名山海拔数据，泰山仅1532.7米，而武当山1612米、黄山1864.8米、华山2154.9米、恒山2016.8米，五台山与峨眉山更是分别高达3061.1米与3099米。

　　"一览众山小"，让我总惦记着爬泰山这事儿。这些年，行走在京沪铁路线，途经泰山不知多少次，心里萌生爬泰山的想法也有过许多回，却一回也没能付诸行动。这个春天，我终于有了爬泰山的机会，也终于爬上了泰山。爬泰山与爬上泰山，不是同一个意思。在科技进步的年代，爬泰山其实有两种爬法，一是坐缆车从中天门直达南天门,一是从中天门爬上南天门。我说的"也终于爬上了泰山"指的是后一种选择。我做这种选择的想法也很简单:趁现在还能爬得动爬一回,赶明儿再想爬,说不准已经爬不动了。还有,既然到了中天门,坐缆车直上南天门,多少有点对不住"爬"泰山这个说法。

终于爬到了"绝顶"处,我这才明白选择"爬"上南天门确实无比正确,如果真的是坐缆车上来,"一览众山小"的感觉也许会逊色许多。

我爬了泰山!我以为爬不爬泰山,爬不爬上泰山,意义是不一样的。然而,说到底,一览众山小,是一种生命体验。还有,什么年龄爬泰山,感觉也是不一样的。杜甫爬泰山写下《望岳》这首诗,时年二十八岁。

二十八岁的杜甫,爬到泰山顶上,一览众山小。不到而立之年的杜子美,英年豪气,凌空拔起。

三十八岁的杜甫,爬到泰山顶上,欣赏"一览众山小"的句子,有点自我陶醉。三十八岁的杜甫果然没达到"不惑"的境界。

四十八岁的杜甫,爬到泰山顶上,一览众山小,却发现原来什么都是那么小的,脚下的"绝顶",不过是让人看到真相的一个位置,仅此而已。

我比杜甫略胜一筹,五十五岁爬上泰山。此前,我已经爬上比泰山高出许多的黄山、峨眉山。我没有二十八岁杜甫的"一览众山小"的豪气,也没有三十八岁杜甫对"一览众山小"的自我欣赏和陶醉。四十八岁杜甫爬到泰山顶上,不住喘息。我在杜甫爬不动山的年龄，看到了杜甫看不到的风景。

一览众山小，其实是一种境界。即便不去爬泰山，在平地，在平时，一样能体会到"一览众山小"的境界，有许多东西例如名利欲念，在心的平原群山林立，不可谓不高大，但终究还是渺小。

晚间，在秦淮河散步，石头城边的秦淮河如今被整治成旅游风光带，石城墙遗址，红砾岩的城墙基，花树草坪，各种灯饰，再加上夜空中缀满彩灯的风筝，说它是神仙世界也不为过。我看那些放风筝的人，灯影幢幢，看不清他们的脸庞，我却能看到他们的一颗颗快乐的心。广场上，有许多人在跳健身舞，孩子们，还有一些"老孩子"们，在彩灯下，练习轮滑。

我又想起了爬泰山。我终于明白，一览众山小，并非一定要站到泰山顶上。比如此时，我站在秦淮河边，我在散步的宁静中，觉出许多曾经让人觉得烦恼的事情都非常小，非常琐碎。

当我在晚风中沿着秦淮河走去，初夏的小南风吹过，心中那份快乐，就是那种"一览众山小"的快乐。

无静之静

让心静下来。这话说起来容易,做起来却又是那么不容易。钓鱼的人端坐在老柳树下,一动不动地看着水面的浮漂;放风筝的老翁,仰着脸看着蓝天和那头放飞在蓝天之上拖着长尾巴的风筝。他们的专注,他们的忘情,容易让人想起安静这个词。深究起来,其实也算不得真正的静,或者说,这还只是别人眼里的静。钓鱼人的心未必宁静,用饵去钓是一种功利行为,平静后面隐藏不平静。风筝飞得再高,总有一根线(准确的说法是绳索)牵在放风筝人的手中,这也是破坏静的东西。他得抓牢这根线,不然风筝就飞走了。而且,没有了线的牵引以及因之产生的张力,那风筝也会摔下来,当然,也可能是在飘失后某一个时间里,突然掉头向下,栽向某个泥淖,或者挂在一条高压线上让长尾巴在空中飘荡,最后被风撕碎。

克尔凯郭尔说,真实存在的只能是个人内心的存在,是人的个性、人的内心体验。可是,人们每每渴望外在的东西,人们最想逃避的总是自己的内在性。人们总是找一些身外的东西来分散自己的注意力，比如前面所说的钓鱼、放风筝，还有下棋、打牌、喝酒、聊天，都是一些"忘我"的借代物。人们总是要千方百计逃避克尔凯郭尔的"真实存在"，有意或无意地陷于某种虚妄。功名利禄，声色犬马，福寿儿孙，都是身外的东西，也正是这些内容引发了无数烦恼，令人无法宁静。那么，人们可以彻底丢开这些东西吗？答案却是否定的。因为，它们都是随人的生命存在而存在的众多内容之一，是一些无法回避也绕不过去的内容。对静的向往以及对静的似是而非的追求，恰恰证明了静的匮乏与静的难以获得。远在19世纪哥本哈根的克尔凯郭尔先生，你难道真不明白，这些回避不了也绕不过去的内容，也是一种真实的存在？！在这里，我并不想跟克尔凯郭尔抬杠，我只是想说，如果一个社会中的人只有克尔凯郭尔的"真实存在"，那么，这个人在他所处的社会环境中、在他所生活的社会生活中，其实已经是一种"不真实的存在"！

真正沉浸在身外世俗之中的人，并不迫切地需要静。事实上，他们也没有很多时间来想"心静"这回事。抱有纯粹主观性（亦即内在性）的人，大约是一些哲者，他们不缺乏静，前提是他们必须有生活来源或有现成遗产可继承，可以有大块的时间在家中冥想。如果不具备这些条件呢？我想，他们大约就不会有许多时间去体会"心静"的感觉。苦就苦在，既不认同世俗生活中的浮躁之气，却又无法脱离世俗生活的那些人。他们所渴望的"静"只有在逃避中才能实现。或者，只能在观看别人钓鱼或者放风筝时,感受某种表层的东西。抑或,如嵇康的忘忧的"杜康"和李白的"对影成三人"的月亮。而这些都是一些无静之静。

思想的时间

我有沉湎于思想的坏习惯,与之相关的另一个坏习惯是喜欢在手上抓一本书,哪怕是在吃饭、如厕这样的场合,也恨不能在眼前摊开一本书。事实上我不止一次这样去做。尽管从现代医学角度,这种行为不符合卫生要求。按理说,一个人枯坐容易胡思乱想。但也有哲人说过"俯而读,仰而思"如此高深的话,足见得"俯仰"读书之间,也容易思来想去。好像是一种病,痼疾,很难治愈。

思想有时会让我痛苦,我却找不到一种方法不让自己思想。当然,思想本身并不总是给人带来痛苦。当一个人悄悄想一些好事,乐还乐不过来,哪里顾得上痛苦。还有,一个人暗地里预想可能的成功与结局,这时,还说痛苦这样的词汇未免有点儿矫情。一般来说,居安思危便容易导致痛苦,而遇事总往好处去设想,则每每与痛苦无缘。

用现代行为科学的观念,导致痛苦的"居安思危"不属于健康的心理倾向。类似的例子比如爬山：爬上半山腰，累了，直起身望望远方，歇歇脚，这是常情。一般来说，休息的时候让视线向上看的人，心里总还是向往继续攀登，这时，那些攀越过程曾经的种种艰难，又在打磨他的想象。喜欢向下看的人，则容易想起昨天的成功，想起那些至今还在山脚下打转的人群，这时，他的想象里塞满了成就感、自豪感这些与痛苦无缘的东西。

也有第三种人，始终向上攀爬，不累，不歇，也不左顾右盼。三不。这样的人是一些我最佩服、最了不起的人。这样的人我身边就有不少。

毫无疑问，我也算一个努力上进的人。问题是我花在胡思乱想上的时间太多，这样一些思想常常让我承受许多人所没有的痛苦。用一些心理学大师的学说来衡量，我的心理应当不算很健康，如果在国外，或许还需要做一些必要的心理咨询。

我也有一些自我治疗的验方：那就是我会拼命找许多事情来做，以便让自己挤走思想的时间。从临床角度看，这个验方还是很有些效果的，当我对许多机械的、枯燥的、琐碎的、一般人不大容易产生兴趣的事物，产生兴趣并为之投入大量精力，我也就成功地在时间方面减少了思想的可能，思想的痛苦也就随之消弭殆尽。

然而，这样的后果，是自己在走向自己目标的途中无端的旁骛，有时甚至距离最初的目标越来越远。当我在某个夜深人静时分，忽然想起这一点，所有汗毛都立起来。这是不是就是成语"毛骨悚然"的感觉？我不知道。我只知道，用挤去思想的时间来消弭思想带来的痛苦，有点像倒洗澡水倒掉了孩子。

卡夫卡说:"你没有走出屋子的必要。你就坐在你的桌旁倾听吧。甚至倾听也不必,仅仅等待着就行。甚至等待也不必,保持完全的安静和孤独好了,这世界将会在你面前蜕去外壳,它不会别的,它将飘飘然地在你面前扭动。"

我痛苦,为了我的胡思乱想。

秘　诀

　　武侠小说中，往往有一个寻找武林秘籍的故事情节。许多高手，打打杀杀，都为了争夺某个秘籍或秘诀，从此独步天下，称霸武林。事实上，不单纯是武侠小说，现实生活中一样有人希望能掌握秘诀，一蹴而就，获得成功。愈是年轻，愈容易有这样的想法。

　　20世纪50年代，九十岁的齐白石与四十来岁的李可染之间有个小故事。李可染崇拜齐白石，心下暗以师事齐，曾请教齐"笔法三昧"，老人迟疑地从笔堆中拈起一支笔，注视好一会儿，像是自言自语，说："……抓紧了，不要掉下来！"齐白石好像什么也没有说，李可染显然什么都已明了："抓紧了，不要掉下来！"除此以外，还有什么抓笔的秘诀吗？没有了。

　　作家叶兆言在一次接受采访时回答记者关于写作秘诀的提问时说：作家就是得不停地写。不停地写即是叶兆言的成功秘诀。

生命是有限的。从这个意义上说，人生需要"抓紧"的未必就只是笔，还应当包括有限的时间。小时候，父亲在督促我们抓紧时间时总爱说：跌倒了抓把泥。小时候，我不怎么听得懂，也不能领会"跌倒了抓把泥"的真正含义。其实，父亲说的也是一种"抓紧"，他这"抓紧"与齐白石的"抓紧"意思不完全相同，道理却是一个道理。钱锺书之"抓紧"时间，可是到了不近人情的地步。黄永玉在一本书中写：有权威人士大年初二去钱家拜年，一番好意也是人之常情，钱放下手中事情走去开门，来人问候了一声：春节好！跨步正要进门，钱先生却只露出一些门缝说："谢谢！谢谢！我很忙！我很忙！谢谢！谢谢！"那权威人士显然不高兴，说钱锺书不近人情。事实上，钱家夫妇正在忙着写东西，有他们自己的工作计划，来个富贵闲人，坐下来聊天，打断了思路，确实会耽误事情。

如果从思想道德角度，"抓紧了"还可以作另一种解释。如果一个官员功成身退，最终可以冠以"清正廉明"四个字，其实等同于一个成功的艺术家；而一个贪赃枉法的官员，不管他最终是否败露，都是一个失败者。显然，这里的成功与失败，也全在于他是不是"抓紧了"，这里"抓紧"且没有"掉下来"，可以是一种政治信仰或执政为民的自我要求，也可以是做一个好官的愿望与人性的良知。

从这个意义上说："抓紧了，不要掉下来！"正是我们做好一些事情的秘诀。也包括那些武林人士，如果真有称霸武林的高手，他的秘诀依旧应当是：抓紧了，不要掉下来！

捡石头

许多人都会有这样的经历：捡石头。去名山大川游览，人们会留意身边、脚下的小石头，不时俯身捡起一个，在水边洗去泥沙，对着光亮看看色泽，也有人会听取一下同行者的意见，把它放进兜里，或抛还给大自然。这是一般游客。他们对石头的兴趣，远远小于对山光水色、风土人情的兴趣，捡石头是附带行为。捡到什么石头也不十分惊喜，捡不到也没有什么不愉快。喜爱收藏石头的人就不一样。一到了可以采捡石头的地方，所有景色风光全隐到背后，他们自始至终俯身捡找，如果是团队行动，最后掉队落伍的一定是他们。捡到一块好石头，山谷里会传来他们的惊叫，周边的人，无一不是他们报告喜讯的对象。走出山谷时，他们的背囊一定最重！重到一定程度，就必须进行取舍，这时，他们又得花费不少时间来挑选已经采得的石头，其态度郑重，慎之又慎。

我喜欢捡的是另一种"石头"。那就是随时用纸笔记下一些字与词以及一些思绪的碎片，这也可以说是一种习惯。这习惯来自幼小时的阅读经历。很小时候读过一本不知什么书，从书上抄录下老托尔斯泰的一段话：身边要永远带着笔记本与铅笔，读书和谈话时遇到一些美妙的地方，都要把它记下来。这段话是凭记忆默写出来，不完全是原话，大致意思应当是这样。所以，我无论走到哪里，身边都带着纸与笔，一旦手头没有了纸与笔，就有些恐慌，生怕会漏掉什么。我的床头、案头、提包里都备有小本本，无论在什么场合，想到什么随时记下。我把我这种行为比喻成捡石头。不要说，还真的有点像。连捡带拾，我也不知道到底捡了多少块"石头"，也不知道多少是有用的"石头"，多少是没有用的"石头"。工作之余，生活之余，我会坐在电脑前取舍捡来的"石头"，把一些小本本颠来倒去地翻，翻到有些感觉的字与词，就把它们敲到电脑里一个临时文档里，再从小本本里划去它们，这已经是一些可以确定或者是用得到的"石头"了，那些一时找不到感觉的字与词，就是一些用不到的石头或者是不太满意的石头，仍然丢弃在小本本里，不动它。过些时候再翻它们，很奇怪，这次没有感觉的词语，说不准哪次就忽然有了感觉，于是，它们就又进了电脑文档，从小本本中被划去。我把这种行为视作玩石头，或者挑选石头。

　　有一次与一个作家朋友一起出门旅游，他看我坐着、站着都拿纸笔出来记，以为我在写什么随感，就问，你写随感？我说，什么都没有写，我只是捡"石头"。说真的，我确实什么也没有写，我只是有捡"石头"的爱好而已。

杯中何物

若细心做一统计,喜爱杯中物的人绝对不在少数。尊至帝王,贱如乞丐,士农工商,一应人等,皆可喜好,亦皆有喜好者。且不拘于哪个民族,哪个地区,大凡有人的地方,少不了都有这一"物"。悠远的古代,人之初始,愚钝未开,为大自然所阻隔,天各一方,不通音讯。竟无师自通,各各发明此"物",直让人联想到神的启示,尽管我们信仰无神论。

喜好固是同一喜好,杯中之物却因人、因时、因境而不尽相同。

幼时,家近运河码头。每常有码头搬运工人门前往返走动。这些个汉子们几乎没有不好此"物"的。日西斜时,他们裹着满身尘土,蹲在路边,擎一圆瓶、扁瓶、扁圆瓶,就着膝前枯荷叶包了的下酒菜,对了瓶口扬尽杯中物,晃晃悠悠直奔澡堂。此时,杯中想必是一些解乏之物。

隆冬时节,地冻天寒,倘在野外作业,或如林冲看守草料场，或应得急事需潜冰水，卧雪原，杯中无疑是驱寒之物。

杯中有雅趣。花前月下，浅斟慢饮。赏花也罢，赏月也罢，琼浆玉液总是省不了的。大观园中那一帮人，一会儿结海棠社，一会儿题菊花咏，抚琴，弈棋，诸多雅事，无不与杯中物相牵连。

杯中有友情。有朋携酒来相就，交谊定然不浅。三五友人邀相聚会，不饮不足以尽兴。频频举杯之时，情融于杯中，谊溢于杯外。古人的"酒逢知己千杯少"且不说，今人的劝酒辞中不也有"感情深一口吞，感情浅舔一舔"之说。

"举杯邀明月，对影成三人"，饮进的是落寞孤独。

"天运苟如此，且进杯中物"，咽下的是无可奈何。

曹操说："何以解忧，唯有杜康。"一代枭雄将杯中物视作解忧良方。

范仲淹的"酒入愁肠，化作相思泪"，杯中是催化剂。一杯辄饮，牵起柔情万种。

借酒浇愁，权将手中杯作消防器皿用，一倾之下，欲扑灭愁苦之焰。往往却是"举杯销愁愁更愁"，帮起倒忙。灯前映照杯中物，浓也是愁，淡也是愁。

"壶中日月长"，非是怡然自得的陶醉。人生苦短，属于我们每个人的日月终长不了，不妨看作对短暂人生的叹息。杯中盛满夕阳西渐时的苍凉。

"李白斗酒诗百篇"，是杜甫的夸张修辞手法。不过，"诗酒一家"的说法，大概没有什么异议。所谓诗，自然不能单单看作诗，大凡艺术类创造皆可纳入。西方论艺术行为，有一个"酒神"崇拜的说法。"酒神"指的激情、浪漫之类的精神现象,没有"斗酒诗百篇"那么具象。

在我们这里,杯中有灵感,有妙思,有激情与浪漫。范成大说:"醉中得句若飞来。"

可以增豪情,可以壮胆色,也可以迷本性……杯中物确乎难定义。

杯中到底何物?比较工整且乏味的答案为:用高粱、玉米、麦或葡萄发酵制成的饮料。

新瓶旧酒

说到酒,自觉能饮一些,绝非滴酒不沾之人。倘以烟酒不沾谓之洁身自好,不洁之岁月多矣,追溯起来,大约自十七八岁始,便已误入歧途。有一点,能饮并不嗜好,不似抽烟之习,一自上瘾,便官样文章地抽将起来,且不思改悔,如今眼见已积重难返。场面上,三杯五杯不醉,七杯八杯也能拼一拼。平日里却从不天天醉,更不求顿顿饮。

酒用瓶装。自然也有用坛子、用缸、用葫芦来盛的。最普及流行的还是用瓶装。瓶有新瓶旧瓶,酒有旧酒新酒。以瓶装酒,至少有四种组合方式,即:旧瓶装旧酒,新瓶装新酒,旧瓶装新酒,新瓶装旧酒。哪一种装法好?不好说。不饮酒的人,管你什么包装,除非拎两瓶去孝敬什么人以外,绝不会问津。善饮者呢?关注的是内容,包装再好,也无法转移他们的视线。唯有能饮并不善饮的人,才有可能惑于酒的包装。20世纪80年代,出差北京,逛一趟西单商场,拎两瓶酒回来。酒瓶造型很别致,呈扁棱形，商标上写明此酒乃百年老窖加什么泉水酿成，曾作为皇家贡品云云。请酒中高人一品，才明了帝王家大概是不会以它做料酒，根本谈不到贡皇家去饮。若真的进贡上去，怕要掉脑袋的。这是一则良瓶装劣酒的故事，与本文题旨不合。

酒，其实不能以新旧论优劣。酒，自然还是陈年旧酿为佳。

新与旧，瓶与酒，只不过是人们引来取譬的。比如，"旧瓶装新酒"这一说法，便每每被人拈来比喻以旧的形式来表现新的内容。应当说，作为喻体，它虽不逼真，却也贴切。瓶不是形式吗？酒无疑是内容。形式内容，分得一清二楚。

被喻物自然也有形式与内容的分别。以诗为例，按瓶与酒的组合推理，大概也有四种组合的可能。旧诗形式可以表现新的内容，新诗形式可以表现旧的内容，以及旧形式旧内容，新形式新内容。从四种组合来看，似乎以全新为佳，以全旧最不足取。另两种组合中，新形式旧内容，似乎有"换汤不换药"之弊，且有"金玉其外，败絮其中"的假象性、迷惑性。既不中用，又容易使人上当受骗。相比之下，旧形式新内容就比较积极了，也比较符合"古为今用"的精神。

这固然是常理。落实到诗上，却又似乎不妥帖。中国是诗歌大国。诗在中国文学史上地位不一般。应当说，以诗为例来阐说文学现象是有一定权威性的。今人引经据典，用得比较多的不还是"子曰""诗云"吗？然而，诗的发展进步，恰恰不在于"旧形式新内容"。自《诗经》《楚辞》始，到古风、近体诗，再到词曲，数千年下来，诗的形式一变再变，几番新意了，其内容却变来变去，万变不离其宗。远的且不说，以词曲与近体诗相比较：形式变了，音节韵律大不一样；其意境、情调，以及作者的创作心态，读者的审美情趣，应当说大同小异。足见并非"旧瓶新酒"，而是"新瓶旧酒"。

再说"五四"以来的新诗。在不少人眼中，这是些舶来物，属于洋货，在抵制之列，有人认为，这是用中文写的外国诗。其实不然。新诗之新，侧重点仍在形式意味上。长袍马褂换了西装革履而已。金克木先生在《读书》文章中，说到冰心女士的新体诗：黄昏了／湖波欲睡了／走不尽的长廊啊。以为稍稍改变文字组合形式，即成为两句旧诗："湖水倦黄昏，长廊行不尽。"实在是高论。

酒是不怕陈旧的，前面已经说到。从文化意义上说，"酒"仍然是不怕"旧"的，因为，"瓶"尽可以常变常新，而"酒"则总是人们爱喝的"酒"。

何必匆匆

蹬自行车上、下班有年代了，忽然改乘公共汽车，在同事们眼中，也是一种不小的变化。有时还会有人问：怎么不骑车了？按理说，单位与家的地址隔不很远，工作也不是那种全日制的工作，上班蹬一趟自行车不过20分钟，应当不是很累的事。

我自小就急性子，无论做什么都像有什么人在后面催着逼着，连家常吃饭也三口两咽，比老婆儿子快得多。这种性格的好处是，做事还算利落。缺陷也明显，那就是常常庸人自扰，遇上件把不相干的事，眼见得身边人一个个气定神闲，熟视无睹，我反比那当事人还着急。比如车在途中出故障，按说这事该司机着急，别人急了也不顶用，而我，遇上这情况会比司机大叔更焦躁不安。这种性格似乎不太对，我也不大明了到底什么地方不对。后来，在一本关于血型的小册子里，看到A型血的性格特征有点像我这模样，就想自己大约是A型血。谁知那回体检，化验出来竟不是A型血，弄得我一下子好像找不着自己了。

让一个急性子守在站台上，等一辆迟迟不到站的车，总不是一件愉快的事。蹬自行车就没有这烦恼，那毕竟是自己能把握的事情，想快就快想慢就慢，根本就无须受制于人。等别人的车就不一样，那车一时不来就得等一时，一天不来就得等一天。当然这只是一种心情，没有一辆公共汽车是让人等一天的，除非那是一个废弃车站。这情节好像在哪个现代派作品中读到过。如此说来，不去蹬自行车而去改乘公共汽车，理由似乎不充分。其实我想做的只是让自己变一变生活的节奏，培养培养自己的耐心，抑或，只是为了给自己一种暗示：你现在处于被动状态，车未来时，你最好等着，少安毋躁。

　　人常常会不自觉地产生一些误区，每每自以为是，好像自己动辄能够怎样、如何。其实，这世间的事情，原本就不似蹬自行车，自己做主的时候总是少数。更多的时候，你只是长途旅行中的一个乘客，列车的方向、速度，乃至于什么时候才可以上车下车，都由不得你自己。这时候，如果一个人在旅途中不断制造匆匆的心态，不断地加速跑动，对列车行进的方向、速度根本毫无影响，他的整个行为也只能显得特别的好笑。

　　可以说，这是一种徒劳无功的匆忙。即便像快马传送荔枝的驿者，疲于奔命尚能博得"妃子"一笑。而你的那个会笑的"妃子"却是虚拟的，不止一次地疲于奔命过后，你才发现"妃子"并不会对你笑，或者，压根儿就没有这样一个会笑的"妃子"。

　　不去蹬自行车而去乘公共汽车，可以理解为强迫自己多走一些路，起锻炼强身作用，也可以理解为训练自己换一种节奏，从而克服焦躁情绪。等车的益处是,等待的是别人控制的车,它或早或迟地到你守候的这个站头,不以人的意志为转移。让自己真正地明白这一点很有好处,不然的话,就会弄错了许多事情。事实上,生活中有一些事,常常欲速则不达,或者越努力了越起反作用。匆匆的结果,往往是自己看自己的笑话。

负暄或晒太阳与惬意的猫

阳台上有一个躺椅，是晒太阳的道具，我平时不大去躺，在冬天，这里曾是我家大猫小猫憩息的位置。

冬天晒太阳取暖，书卷用语叫负暄，意思一样，听上去味道有些不同。晒太阳在它的语言使用环境，比如乡下，会让人联想起好逸恶劳、好吃懒做。记得我当年插队的农村，着实有几个这样的人，他们不爱劳动，天一冷就躲在家里晒太阳，所以日子过得不好，媳妇娶不上，老大不小了还是光棍一个。有民谚咏叹道："光棍苦，光棍苦，男大三十五，衣破没人补。"年岁大的人评点他们时，会说，种田人不出门下力做活，大白天在家晒太阳，还想娶上媳妇？很显然，在农村，大白天是不能躺在院子里晒太阳的，没有耕耘，哪有收获，不肯下力做活，哪会有好日子过，于是，大白天在家晒太阳，便很让种田人看不起，往往是家长教训子女的反面典型。

负暄这词的语言环境以及语言对象，听出来的意思与种田人不同，虽然躺着晒太阳都一样。负暄者多是告老退役，常常是那些不再为功名利禄所累，不再为五斗米折腰的人。负暄闲话，指的是晒着太阳说一些无关政治经济的事。这大约要算是一种闲适、自然的境界了。

同样大白天晒太阳，不同人群看法不同、褒贬不一，区别就在于他们的劳动方式不同，一类是体力劳动者，一类是脑力劳动者。从语言使用环境的角度，负暄和晒太阳的区别，其实也说明了两类不同人群的差别。

我早年曾是一个地道的体力劳动者，尽管眼下不再凭体力吃饭，不能再算体力劳动者，我一边晒着太阳，一边依旧不安心，常常会想起好逸恶劳、好吃懒做。就想着还是坐到电脑前吧，哪怕读闲书，也应该正襟危坐有个读书的样子。我之所以放着阳台上的躺椅不去躺，无疑与我早年的生活经验有关，我一躺到躺椅上，马上会想起当年插队农村的一些事，为自己大白天晒太阳而愧疚。我之所以要细辨一下负暄与晒太阳的区别，也是为了说服自己必须走出早年的生活经验，让自己多在阳台的躺椅上躺躺，晒晒属于我的太阳。

事实上，我眼下所依赖的劳动资源主要不是体力，我的劳动环境也不在户外。晒太阳的时候，我并没有让脑袋闲着，总天马行空地想、不着边际地想，胡思乱想也是思想，我的手边也始终搁有笔和纸，我会随时抓起它们，记下一些片绪与断想，甚至只是一两个看似不相干的词汇。我不知道我这样的晒太阳算不算懒汉行径。

可我依旧不能安心。这也就是我的躺椅为什么总是空着，总是我的猫去躺的缘故。

  我的猫总是一副大大咧咧、无所顾忌的样子,它们一有空就卧在我的躺椅上,晒冬日的太阳。事实上,猫的最大的幸福就在于它们不知道负暄与晒太阳的差别,它们只知道冬天里晒着太阳是很惬意的事。

说"横"

"横"这个字很有点儿匪气,看上去不大顺眼。汉语言中有关"横"的词组,每每含有贬义,诸如横行霸道、横冲直撞、横眉竖眼,等等。见到这样的词汇,容易让人联想到鬼子进村了,或威虎山八大金刚雪夜洗劫夹皮沟。

中华民族是一个崇尚和平中正的民族,温、良、恭、俭、让的文化熏陶,使得驯顺成为潜藏人们意识深处的一种情结。在这样一种大的文化氛围中,横来横去,大约不是一种可取的行为方式。也正因为驯顺成了一种集体无意识,不驯有时反而容易出效果。"人怕狠,鬼怕恶""马善人骑,人善人欺""硬处拖锹过,软处好取泥"等等,说的都是不驯所能起到的效果。

现实生活中,人们往往会遇到许多问题,比如提级、职称、调资、分房等。解决这些问题大多得遵守一定规则,参照一定标准,或有或无,一般来说都应当合乎情理。事实上却不一定,生活中悖于情理的事并不罕见。处于这种时候当事人的态度往往很重要。如果态度强硬,适时适度地横他一横,有时竟能改变事情的结果,从无到有,从少到多,由低往高。

从什么时候起,谦虚少有人提及,这似乎是不大容易说清楚的。反正天长日久,人们已逐渐形成一种思维定式,在这样的定势面前,谦虚的谦字已不见了,只余下一个虚字。堂堂七尺男儿,为什么要虚?所以人们一个个气发了粗,嗓子发了亮,脸上肉也一片片往横里长。

从理论上说,不谈标准不讲规则的"横"毫无道理可言,而横了竟然能够得逞,就加倍地没有道理。然而,理论与实际,经常会脱节,正像火车头与后面车厢脱了钩,这时,"理论"轰轰隆隆地呼啸着走远了,"实际"却庞大地威风凛凛地横卧在人们的视野中。这是一种看得见摸得着的实际功利。在这种功利的误导下,人们不免从羡慕横之得惠,进而细心揣摩横之章法,暗存了遇事横一横的心思。这是"横"字一旦领了风气之先的责任,不是人们的错。

不过,"横"之所以不能行遍天下,成大气候者,实在是因为"横"与个人的气质有关,其实是一种天生的资质,学很难学有所成。譬如我,有时虽觉得横很能出效果,遇上些疙疙瘩瘩的事也很想横他一回。即便横得没有什么质量,横不出多大名堂,也期望至少表面上横得像那么回事。然而,限于资质,东施效颦难免画虎类犬,贻笑大方。

鲁迅先生也是喜欢"横"的人当中的一个,只不过他老人家"横"得比较大气。你听听"横眉冷对千夫指"这样的语气,横得是何等冷峻?先生以"横"自守,大有"一夫当关,万夫莫开"的气势。有人说，先生的胞弟周作人先生，如果也在那个特定历史时期，适度地横他一横，或许就不致留下那一折千古憾事。

文学艺术家的身上，"横"的细胞一般来说都不会少，有时甚至可以说不可或缺，此乃艺术气质使之然，有道是："才华横溢，妙趣横生。"这些都是褒语。横枝旁逸，横生枝节，一个"横"字几乎是构图、技法之根本。横空出世，大气磅礴，每每令人对艺术精品陡生敬畏之心。在艺术领域，倘若一定要归归类，"不怕横"和"横不怕"的人，可以说比比皆是，如今，甚至还有成群结队的"怕不横"的后现代才子，雨后春笋般涌现。匪气与才气，风马牛不相及，唯有一个横字，竟于二者之间左右逢源。只是，搞艺术的人千万莫要与政治有所牵连，否则，日后或身后的遗憾或许难以免除。

词汇的年龄

一般来说，生理年龄容易判断，一岁年纪一岁人，因保养得当与否会导致一些出入，但也出入不大。词汇的年龄却不太好判别，似乎也很少有人去留意并区别词汇的年龄。严格意义上说，词汇的年龄体现在写作者组织文字的能力方面，因为，几乎我们能够读写的词汇，都是上了年纪的老古董，即便因势顺变有了一些新的词，毕竟有限。故行文造句，人们依靠的还大都是一些老词汇，如何组织好它们，让人一读就觉得有满目清新之气，让文字多出朝气激情，应当还是写作能力的问题。

做了许多年文学编辑，与文字打交道时间长了，对文字就多一分敏感。而且，许多时候只跟文字打交道，那个写字的人并不认识。文字能让我看出年龄来，如同看女人眼角，看男人鬓角，往往一下就看出她（他）的实际年龄。当然，文字的年龄不等于写字人的生理年龄。这一点应当区别开来。

"皎皎的明月，银色的羽翼，升起在东方／炙热的烈焰，喷薄着情绪／点燃十月的天空……"这是一篇来稿中的几句,有文学阅读经验的人一眼就能看出这文字太陈朽,用了几多老生常谈的形容词,却未见丝毫生动与活力。因为作品是熟人介绍来的,于是有机会见到文字的作者,竟是一少年,肤色青春,肌理水嫩。这样一些少年,生活中常用港台影视习见的"哇"或"耶"这些时尚语言,怎么一写成文字竟然如此苍老、颓朽?这恐怕得到学校找原因,教材中范文陈旧,师资的文字观念落后——声明一下,这里毫无责备老师语言修养的意思,毕竟今天的老师在他们读书期间,接受与今天学生相同的语文教育。老师用他们学过的知识来教育学生又有什么可批评的?同样,一个学子用他学习来的文字抒写自己的情感,写成一些他认为与范文相近的文字,又有什么可指责?于是,我们的语文教育就顺理成章地教育出一代代"少年老人"。当然,我这里说的依旧是文字与词汇,与具体人的年龄无关。

记得儿子上小学三年级时,学校里老师刚开始教孩子做作文。儿子信赖我这个搞文字工作的老爸,回家问我作文怎么写。你还不用说,他还真把我给问住了。作文怎么写?说是说不明白的。我结合自己的阅读与写作,想了想,对他说,作文应当是把想说的内容尽量真实地写出;文字应当像平时说话,少用形容词,尽量避免用成语;还有,关联词用得越少,文字越干净,越不拖泥带水。我发了这一通谬论后,结果可想而知。儿子上语文课经常挨老师批评,老师说他的作文没有华彩,不会运用学到的成语词汇与语法知识。于是,作文这门课,儿子算是被我耽误掉了。儿子作文课没有学好,自然对我有些意见,直到今天也不肯原谅我。他不仅自己从不写文字，还对我写的文字始终抱有敌意。

许多年过去，如今儿子已参加工作，一个偶然机会，我瞥见他在工作中写的一段说明文字。怪了，我那个作文课没有学好的小东西，文字居然极干净，几乎没有陈词滥调。就他想要说明的事情而言，这些文字的使用几乎可以用言简意赅来形容。儿子不吃文字饭，也不喜欢文学写作，从年龄角度，他也比那些给我们写稿的孩子大，然而，单从我看到的这段应用文字来判断，他笔下词汇的年龄竟比那些写作的少年要青春不少。

谈握手

见面握手,成为社交中必不可少的礼仪习惯由来已久。习惯成自然。其实,握手于我们,并非自然而然的行为习惯。影视画面中,我们的祖宗见面时大都拱手为礼,这才是我们的传统。握手是20世纪初舶来的,典型"西化"之物。在域外,握手的原意是双方将手摊开,表示并未执剑,彼此不是敌人。握手礼一经引进,竟淘汰了有着悠久历史的拱手礼,这是首倡者始料未及的。如今,第一个引进握手礼的中国人,已经很难考证了,但这个"第一个",当年曾被骂作"假洋鬼子"则是肯定的。

握手礼与拱手礼孰优孰劣?谁也没有深究过。今人见面握手与祖宗们拱手为礼一样,并没有什么道理可言。小孩儿家见着大人们行此礼,等长大了进入交际场,自然无师自通。拱手者,双手合而半握,掌心内含。这内含的掌中是否携有攻击对方的武器?往往不甚明了。武打片中,常会见到这样的场面:两人见面,谦谦而作拱手状,一抬手,暗器飞将过来。倘使摊开手平伸出去，大概就不致如此凶险。这是否便是握手取代拱手的理由？不得而知。

握手的方式有若干种。据一本《握手与性格》的小册子介绍，有摧筋裂骨式、上下摇摆式、漫不经心式、长握不舍式等许多种，且由握手的方式可发现与性格的种种联系。这是一本消遣的书，消遣消遣而已。从医学角度，两手相触容易传染病菌。某年，大上海流行肝病，曾有过"见面不握手"的提倡，以避免疾病蔓延。在没有疫情的地方，此倡议响应者不多。

握手只能以一对一，若一人需向众多人致意，只得依次握过去。这便是报纸上经常用的"一一握手"。一一握手固然很好，毕竟有些繁缛。如果行拱手之礼，只需揖一个弧，即能面面俱到。如此简洁之法，域外怕只有飞吻能与之媲美。而飞吻，又多少轻佻了些。歌星、舞星在舞台上，可以对崇拜者"飞"一下，总统对下属则"飞"不得。即如寻常朋友同事，大概也不宜一个飞吻来，一个飞吻去。

握手的一对一前提，有时还会给人带来一些不必要的尴尬。比如：一脚踏进熟人成堆的场所，许多手同时伸了过来，你却只有一双手。如果你又是一个注重礼节讲究周致的人，就不啻进行一场以一当十甚至当数十的"战斗"。忙乱中便不见你平日的从容，不见仪表万方，更有一种难堪：当你的手已经伸出去，对方正忙于其他应酬，或者偏偏疏忽了你的手。这手便晾在那，往前无目标，往回撤一下子又找不到自如的感觉。若是拱手，便没有这种烦恼，只要前方有人，哪怕虚拟了一回，照样可以自然地撤回。这是沾的目标不确定的光。

握手固然是正大光明的行为,切莫忘记也还有许多桌底下踢脚的行径。有些人,人前人后反差极大,虽然很远处便将手光光地摊开,难保他袖子里或者西装内兜不隐藏什么凶险的玩意儿。遇上这样的人,想必还是远远地拱一拱手为妥。

忽然之际,竟发现祖宗的发明原也有保身之虞。

关于润笔

润笔的字面义,以墨或颜料潮润笔之毫端,使不干枯。先前,诗文书画皆以毫笔为工具,笔毫一枯,则无以书写描绘。润笔字义引申而用于诗文书画的酬劳,始于晋,盛于唐元和、长庆年间。同为润笔,"润"的内容和对象不同,其实际义,约相当今日的稿酬、版税、字画酬金,属于劳动报酬。说润笔而不说报酬或酬金,是一种委婉。

润有润格,也叫作润例,近似于报酬标准。这标准因人而异,且不甚明确。一般来说,作者的名头益大,润格益高,润笔益丰。一代散文大家韩昌黎的润格,甚为了得,刘禹锡的《祭退之文》云:"一字之价,辇金如山。"润格并无一定之准,大抵求诗文墨宝的一方,总携来一份丰厚的礼物,以表示对作者的尊重。这里的丰厚,也是相对而言,无法以称校,以斗量,彼此双方说得过去而已。这是旧例,今人沿用不多。

自书写工具革新,毫笔被自来水笔所取代,著诗文一般被谐称为"爬格子"，润笔的字面义便套用不上。因了爬格子的说法，有著文者自谑为"爬格子动物"，谐谑后面有冷峻，让人联想起人猿以前。爬格子固无润笔一说，但"爬"出诗文，一经发表，便可依了千字若干元的标准，去邮局领回稿酬。这一点颇似商品交换，又不全似，一般商品交换，大都一手交钱，一手交货。倘不能发表，即如曹雪芹拥有一部《红楼梦》手稿，也只是销不出的积压商品，变不出钱。这是稿酬与润笔的不同处，因为稿酬只与发表有关。难怪今日的作家们大都有个领工资的地方，不拿工资吃稿酬的作家，早先据说只有一个巴金。今天不拿工资吃稿酬的人固然多了起来，只是大都销的是另一路的"稿"，撰稿人眼睛始终盯着地摊上的行情，如同贩螃蟹河鱼的人眼睛盯着农贸市场一样。

与诗文相比，字画相对要实用一些，也实惠一些。字画发表于报刊，与诗文一样领取稿酬。不能发表的，可以装裱起来，明码标价，悬于荣宝斋或其他什么斋。字画的标价有点儿像旧时润格，有一幅字画标若干万元、若干千元的，亦有标若干百元、若干十元的，标价的高低全在于作者的名气。这在国内市场、国际市场是一样的，名画的价格高到危言耸听的地步。一个日本人曾以八千二百五十万美金，收藏了凡·高的一幅《加歇医生的肖像》。当然，这也是凡·高身后的盛事，其生前据说穷困潦倒，百无聊赖。既非发表，亦非拍卖，书家画师在家中也常有人登门，或请书题匾额，或求绘几轴条屏或中堂。这便用到润笔，润格一应旧例。求应双方，想来都还明了旧例，亦都乐于沿用旧例。

也有例外。至少有两种情形是例外的，即赠字画与索字画。赠者，因为交谊，心甘情愿送与他人补壁。索，似乎有些不同，能登门且能索取，想必有登得索得的理由和道理，不与大约不行。至于被索者是否心甘情愿，就很难说了。已故名画师支振声，题画诗中有句云："无钱休想先生画。"似乎是对无酬索画的一种警告。据说招来一些非议。其实，话虽说得直露，却没有说错。毕竟社会尚未发展到按需分配的阶段，毕竟还存在商品和商品交换关系，索取别人劳动成果而不予报酬，大约不妥。正如我们不可以任意跳上三轮车，坐到终点而不付车费，也不可以走入商店，随便取走一件商品而不付钱钞。真要如此，恐怕就得跟公安部门打交道了。

著名画家齐白石先生，据说也有"爱钱"的毛病，公然宣称"无酬不作画"，即便至亲挚友，从不例外。徐悲鸿先生亦是画坛泰斗，论关系，两位画师可谓亲密无间，但徐悲鸿先生新藏白石作品，每一幅都是付了酬金的。很显然，他二人既不缺这点儿酬金，其交谊似也不应在乎这点儿酬金，如此做法，不过出于对艺术劳动的尊重罢了。

说"闲"

弦有张弛,人有忙闲,是极自然的事。张固然积极,弛亦未必消极。张弛有度,忙闲得当,于人于己都不无裨益。弓之弦久张必折,生命亦然,倘是持久地忙而无闲,健康便会出问题。有一种说法:身体是革命的本钱。足见适度的闲,不仅无害,且有益于事业。

闲的本义,指无所事事。人一旦无所事事,时间便有了宽余。所谓有闲,大约就是无所事事而有了宽余时间的意思。鲁迅先生当年是否真的"有闲"?不敢妄加评说。据鲁迅年谱,其一生致力于写作不过一二十年时间。《鲁迅全集》摆在书架上,长长一列,显赫而令人敬慕不已。著述的显赫,非比其他,如帝王之显赫,大约是"闲"不出来的。由此推想,先生当年怕难得"有闲"。

时间的宽余,说法比较模糊。对有职业的人而言,宽余当在八小时以外,即所谓工作之余。倘工作之余尚需操劳家务,那么搁下锅碗瓢盆才有宽余的份儿，这就是家务之余。又假如家务之余还得完成学习任务一二三，则一二三之后才是学习之余。睡眠是生物所必需的休息时间。休息绝非多余。如此看来，所谓时间的宽余，当在睡眠之余、工作之余、家务之余、学习之余，是种种之余的最后剩余。这最后的剩余，大约才是所谓闲暇。闲暇不可多也。闲暇很稀罕。有闲，其实比有财富更为难得，尤其在来去匆匆的当下。

闲暇不只是拥有时间的多寡，它指的是个人能自由支配，且又无所事事的时间。有事忙，无事闲，说的便是这层意思。论占有时间的多少，退休居家比在职工作的时间多。论闲却不一定。没了职业上的事，却有家务事，不能谓之闲。不再工作，却在这段时间里从事创作、制作、操作等，亦不能谓之闲。有的人看上去什么事也不做，从早到晚，走东家，跑西家，今天找你理论，明日找他辩论，搬闲话，管闲事——闲事也是事——故也不能谓之闲。至于在职之人，上了班，一杯茶，一支烟，翻翻报纸聊聊天，严格意义上是非分之闲。其"闲"因比较复杂，不是一两句话能说得清的。

真正的闲暇，必须有闲情，怀闲心。比如：早起后，郊外林荫处呼吸呼吸新鲜空气，听听鸟语，望望云天；坐卧时，信手取一本书作不求甚解之读，或邀得一二棋友作不计胜负之弈；饭后茶余，信步街头或转悠小巷；兴致来时，哼一支曲子，著篇把闲文……作为休憩、生活的调剂，作习之余的放松，这样的闲无疑是有益的。

表 演

表演是一门艺术，这一点毫无疑问。并且，术有专攻，表演艺术绝非寻常人一学就会，一会就精，一精便能抵达炉火纯青境界的技艺。我是崇尚表演艺术的，对表演艺术家一向很景仰。只不过专业不同，与表演艺术总有点儿隔山隔水，相见不相识。古人云：不知为不知。在这些地方，大可不必硬撑面子，强作不知以为知。

据专家介绍，世界上有三大表演艺术体系：俄国的斯坦尼斯拉夫斯基体系，德国的布莱希特体系，以梅兰芳先生为代表的中国戏曲表演体系。那两个外国人，据说都是世界级的戏剧表演理论权威，大凡搞戏剧的很少有不去啃他们的体系，读他们的著述。至于一般戏剧观众，既看不到他们的剧本，更见不着他们人，他们的理论著述，门外汉料也难啃得动。梅兰芳及中国戏曲就不一样了，毕竟本土文化中的产物，即便不是戏迷，对戏曲如痴如醉，古装戏和现代戏多少还是看过一些的。加之梅兰芳的祖籍就在我家附近一带，牵强一下，广而言之扯得上半个同乡。所以，对这么一个体系，极自然地就有了一种亲近感，或者说是一个看得见摸得着的体系。

中国戏曲与外国戏剧不同。在国外，话剧只说不唱，歌剧只唱不说，舞剧则既不唱也不说。中国戏曲讲究"唱、念、做、打"，似乎将话剧、歌剧、舞剧等，一家伙融会贯通。难怪有的专家很自豪，以为单就这一点就很值得外国佬学习借鉴。谁说月亮是西方的圆？请读一读张若虚的《春江花月夜》和东坡居士的《赤壁赋》。其实，每一种文化都有它的长处与不足，"国粹主义"与"崇洋媚外"，不过是两个极端，且各执一端罢了。

中国戏曲表演的一大特点是情景的虚拟性。划船的不见船，骑马的没有马，一对武生锣鼓声中一开打，代表着千军万马。折子戏《十八相送》中，梁山伯与祝英台"走了一程又一程，过了一山又一山"，仍在那小小舞台上转圈圈，观众却不以为忤。戏曲表演有一定程式，戏曲观众的接受审美也有一定程式，两下里合缝斗榫，便成就了中国戏曲的一大特色。

情景的虚拟性，无疑加大了演员的表演难度，你得会"无中生有"，没有船你得表演出船，没有马你得表演出马；还得假戏真做，做得"以假乱真"，让观众感受到确有一条浪里小舟和原上奔马在那里，这就是所谓"人在情景在，人走情景消，情景随人移，情景随人换"，倘无极高的表演艺术造诣，显然达不到这个境界。当年，梅先生访问苏联，据说斯坦尼斯拉夫斯基看了梅先生的表演，佩服得五体投地，因为，他在他的体系中从没有敢去设想：舞台的天地可以这么阔大，舞台的置景可以这么简约，演员的表演可以有这么大的张力。

自然，表演艺术是作用于舞台的，生活中若有人深谙"以假乱真"，一招一式，表演得天衣无缝，那么，他的造诣越高，危害则越大。不过，这一类"戏子"尚不能从现实生活中彻底驱除。有一种说法，"舞台小世界，天地大舞台"，是舞台，就会有"戏子"去研究演技当"表演艺术家"。显而易见，相对于建立一个文明健康的社会环境，此类"表演艺术家"愈少愈好。

病

吃五谷没有不生灾,病是常有的事,尽管有人讳疾忌医。我不讳疾,却忌医,平生最怕见的人便是医生,除非病得要死要活,轻易不肯会见他们。我对疾病采取的对策是逆来顺受,和平共处。自然,这不算积极的态度,积极的态度应当是"预防为主,及时治疗",从事医疗卫生工作的人常用它来教育患者。预防固然积极,且重要,但真正病魔偷袭过来,其实防不胜防。早先,有一个健壮如牛的同学,一帮同学中常常把他当作我这个瘦子的反义词。成年后,他生活条件各方面都不错,也很注意身体,想不到突然就被病魔征服,一病不起。反是我这样瘦不拉唧且不知调理生活的人,竟依然故我,瘦得精神,让人觉得仿佛有点儿对不住那位同学似的。当然,这只是特殊现象,没有代表性,说明不了什么。孩童时期有个儿歌:"干净干净,吃下去生病;马虎马虎,吃下去带补。"说的似乎也是越预防了越不行,显然不科学。

病本身不是一件赏心悦目的事，病痛病痛，病与痛是孪生姐妹。希望自己生病以病为乐的人，世界上恐怕找不到，除非脑瓜子不怎么清爽。脑瓜子不清爽先就是一种病。西施的心口病犯了，用手扪着，蹙起眉头，她的自我感觉绝对是一种痛苦或难受。别人却说这模样儿美，还有东施来效颦。东施效的是捧心蹙颦的模样，不是心口真的疼痛，难怪效来效去总不似，反留下笑柄，让人们笑到今天。这是两千多年前的事，倘是今日，紧要的是及时将西施送进医院做心电图检查，然后对症下药，治病救人，实行人道主义救治。龚自珍辟病梅馆疗治病梅一样，"解其棕缚"，"纵之，顺之"，也是一种"梅"道主义的做法。这样去做，"梅"道固是"梅"道了，而"梅之欹、之疏、之曲"，概言之，所有病美之姿将荡然无存。这是美与善的一点儿小矛盾。

《今世说》记毛稚黄善病，人以为忧，毛曰："病味颇亦佳，第不堪为躁热人道耳！"世人大约"躁热人"居多，真能体会病之佳味的人，稀罕得如凤毛麟角，至少在我熟悉的人群中未发现有此等高人。躁与不躁，抑或与年龄有关。年轻朋友们一般不大生毛病，即如伤风感冒头疼脑热一类小毛病，也大都来去匆匆，尚来不及体会，已了无踪影。到了年岁一大，这病痛虽不是邀请来的，却来了一般不大肯去，且每每这病去那病来，川流不息，皆止于身躯，使之如众病之巢。这种时候若还似年轻人一般的"躁"，日子还怎么过得下去？不如退而与病相安无事，互敬互谅，从中寻得一些佳味。苏东坡的"因病得闲殊不恶，安心是药更无方"，想必是中年以后才可能有的宽容。至于王安石的"病身最觉风露早，归梦不知山水长"，已经是桑榆之年的苍凉了。

对于不会休息的人，病是"教人学会休息的女教师"。会不会休息本因人而异，一般说，无疾无痛的人每每气盛，秉烛豪饮或挑灯作方城戏，任它"半夜鸡叫""东方红"，一马放出去，义无反顾。这便是不会休息。倘若抱病在身呢，你便不得不高悬免战牌。又倘若常有疾病来访，免战牌就只好常悬，久而久之，休息也就等于学会了。有个伟人说过：不会休息便不会工作。这么转弯抹角地一想，生病似乎也有一定积极意义。

不久前，读了一篇小说，题目也是《病》。看了题目以为与我要说的大致差不离，读到后面才知道完全不是那回事。小说的主人公什么病都没有，只是想问题看问题对待问题与周围的人不一样。比如众人说犬是猫，他偏说是狗，众人说牛生蛋，他偏说鸡生蛋，所以，到处碰钉子，最后被送进精神病院治疗。这是一篇说不出什么滋味的小说，读完后有一种上当的感觉。但也算明白了原来还有一种不具有解剖学和生理学意义的病，与本文所说的"病"风马牛不相及。

路在何方？

这已经不是我这个年龄应当提的问题，人生的路被我走了一大半，忽然想起这样一个问题，会给人一种少不更事、始终长不大的感觉。

路在脚下，且只能一步一个脚印，这是经验告诉人们的常识。年轻人不这样想，年轻人多耽于想象，年轻人好这山望得那山高。年轻人还喜欢一步三跳地往前走。年轻人面对未来，总觉得会有一种更好的、更省力气的选择。其实，过于智慧的选择实在不如笨拙地向前走，有时，埋着头走下去的结果，往往比任何聪明的选择更接近成功。这里没有非议年轻人的意思。我也是从年轻时候过来的。事实上我也是一个比较相信自己智慧的人，年轻时尤其这样，总以为人生之途是可以用优选法之类的科学方法来选汰。这也是我今天每每感到困惑的地方。问题就在于：擅长选择者往往迷信于选择，往往认为选择可以决定一切。其实，无论成功之路还是幸福之路，"笨"可能比"不笨"更容易接近终点。当然，这只是相比较而言，如果一个人既能"聪明"地选择，又能"笨拙"地坚持，当然最理想。

这就是说，认准一条道，坚持走下去，一步一个脚印地走下去，比什么都重要。至于路途遥远、旅程劳顿，都是客观存在，从来就没有捷径可以事半功倍。太容易走的路，往往不是正途。

说到正途与斜路，这里面的确有个选择的问题，正确与否，需要识别，需要做出选择。不过，有一个判断的标准，大抵是正确之路走起来必定要艰难一些，反之，对那些不需要花费什么力气就可以抵达的目的地，倒是需要时时警惕。一不小心，就会铸成大错。

行路难，固是常理。不畏难，始终坚持往下走，是人生唯一的正确选择。怕就怕人为增加行走的难度，虽无欲速不达的躁动，却有贻误行程的笨拙。柳宗元在《蝜蝂传》中写道："蝜蝂者，善负小虫也。行遇物，辄持取，卬其首负之。背愈重，虽困剧不止也。其背甚涩，物积因不散，卒踬仆不能起。人或怜之，为去其负，苟能行，又持取如故……"此等善负小虫，虽精神颇佳，毕竟愚不足取，且与本文题旨不合，略去不提。

汉诗的难度与难度系数

诗是有难度的写作，无论什么语种。国际交流中，诗被译成另一语种，母语中诗的原有难度会在另一语境下被消解。杜甫的"两个黄鹂鸣翠柳，一行白鹭上青天"译成英语：两只莺在绿色的柳树上鸣叫，一群白鹭升上天空。意思大差不差，诗味差太多，尤其是汉诗建筑于平仄相间、意辞对仗音韵基础之上的形式美，荡然无存。据说英文诗被译成中文后再回译成英文，一来一去，也流失了许多东西，而流失最多也还是原有的诗的难度。由此可见，诗的难度系数与母语关系密切，是最难翻译的东西。让一个中国人读杜甫"两个黄鹂……一行白鹭……"与读译成英文后再回译成中文的"两只莺……一群白鹭……"，审美上差异不知大到哪里去。这也说明汉诗审美与汉诗的难度系数也有着直接关系。从这层意义上，撇开诗的内容先不说，单从诗的表达的角度，译诗似可被看成既消解了彼方的写作难度，也未必能建立难度符合己方审美经验的第三种文本。

在母语语境下讨论汉诗，难度和难度系数是绕不过的话题。

汉字是全世界少有的表意文字，或曰意音文字。无论你写不写诗，写新诗或旧体诗，当我们使用汉语，平仄音调这样一些基因已经在无意识中起作用。随便说一两句成语，如自力更生（仄仄平平）、巧夺天工（仄仄平平），或一两句俚语白话，如张王李赵（平平仄仄）、东扯西拉（平仄平平），其实都有平仄相间的形式要求。包括一些流传甚广的新诗句，比如"面朝大海，春暖花开"（仄平仄仄，平仄平平），"通行证"和"墓志铭"（平平仄，仄仄平）。辟除内容上的因素，其汉语平仄相间的特点，在传播中客观地起着不容忽视的作用。

汉诗的文字基础决定了汉诗与建筑于拼音文字之上的诗，有着本质的不同。在诗词范畴，汉诗的难度系数有点像体操运动中的规定动作，平平仄仄，一三五不论，二四六分明，举手投足，有一定之规；而诞生于新文化运动的新诗，其难度系数则有点像体操运动中的自选动作。体操运动中裁判员的评分标准与计算方法，一般依据运动员的动作难度和难度系数，来评价计算积分。而文学与诗歌，尤其是诞生于二十世纪初新文化运动的新诗，既无规定动作，也不能确认其自选动作的设计规范，因此不能纳入评价计分规范体系。当然，如果真要去做一个比较，文学诗歌编辑和批评家以及读者，某种意义上也是一种裁判。只不过，现代汉诗（尤其是新诗）评价标准的失范，以及难度和难度系数的难以判定，让裁判们始终不能形成共识。

新诗诞生之初，最了不起之处是一批熟知旧体音韵的人，丢弃原有写作难度，去寻找并试图创造一种新的汉诗的写作难度。历史地看，此动机构成的因素甚多，最主要可能还是他们试图创造出一种不同于旧诗写作难度、符合现代汉语规范的具备新写作难度的汉诗：新诗。100 年过去，今天的新诗无疑已经坐稳了现代汉诗的交椅。但先驱们试图建立的新写作难度似乎还没有一个相对确定的范式。可以想见，眼下新诗最大的写作难度首先在于它没有固定范式可以套用，这地方有点像武林绝学中无招之招，如果说新诗的写作难度在于每一次写作都意味诞生一种新创造，能够着这一难度的人，确实凤毛麟角又凤毛麟角。太难了！如此高的难度，如何能被广大创造者正确理解、接受并成功实践，同时还能被广大受众认同并欣赏？事实上，在新诗写作现场，人们见到更多的是够不着这一难度的似是而非的伪诗。如同那些仅有旧诗格律的所谓旧体诗一样。这也是新诗旧诗互不待见的根本原因所在。事实上，如果做更深入的了解和分析，当下的汉诗写作现场，有人把旧诗的音韵格律诸难度系数当成诗本身，也有人把新诗的高难度动作消解成无难度写作。

面对诸多无难度写作的新诗或只有音韵格律的旧体诗的写作例证，试图往回走的人不在少数。现代文学史上新文学大家闻一多以致力于新诗写作实践著称。同样是他，1923 年 1 月曾这样说："我的唯一的光明的希望是退居到唐宋时代，西窗剪烛，杯酒论文。"在写了六年的新诗后，他曾写下了这样一首古体诗直抒胸臆："六载观摩傍九夷，吟成舛舌总猜疑。唐贤读破三千纸，勒马回缰作旧诗。"如果闻先生未死于非命，能够活得更久，他会不会真的"勒马回缰"？这是不容假设的。但我们却可以因此去想一想，当年已在新诗实践中成了气候的闻一多，为何会有这样的动念。

　　诚然，闻先生的想法未必是正确的判断，包括他一度主张的"新格律诗"，在实践层面似乎也未取得成功。但重建诗的写作难度，显然是一个值得重视的问题。现代汉诗目前的难度和难度系数，绝非仅仅是符合音韵格律的要求。就诗词而言，在现代汉语语境下，作为写作难度之一的音韵格律，首先不能因辞害意，也可以说，在现代语境中，音韵格律的运用较之过去的年代有了更大难度，而不是相反。换言之，今天的人，今天的生活环境，今天的思维、行为方式，今天的语境，应用音韵格律来书写，其难度系数增加了已不知多少。

　　这其实也是在说，现代汉诗无论新诗或旧体诗，在世界语境下，在中华诗歌强大传统的影壁前，如何有着符合汉语特质、贴近时代、表达现代人思想与当代生活经验的文体，使之能更健康发展、进步、提高，无愧于历史中的今天，还是一个挺有难度且不易回答的问题。

有一块钢正在赶路

你很难想象到一块钢。当孙方杰用他特别的方式幽一默,来一段雅俗共赏的风趣话,那不是钢具有的品质。一般来说,钢的颜色总是严峻的,即使不板着面孔也该正容敛色。你面前这个嘻嘻呵呵、黑黑胖胖的山东汉子,曾经是一个货真价实的炼钢工人,与钢铁打过2000多天的交道,从1985年到1992年,直到他从钢铁工厂辞职。"我搬着一块钢铁上了火车",这块看上去不那么严峻的"钢锭",开始了另一种生活旅程。

> 有一块钢正在赶路
> 从走上高速公路开始,就走得匆忙
> 随着颠簸的颤动
> 这块钢似乎有着一种迫切
> 而又紧张的心情

正在赶路状态下的孙方杰，他的心情是不是也迫切且有点紧张，我不知道。离开了固定职业岗位，扔了铁饭碗，靠自己打拼、谋生，在被充分物化的当今世界，纵然不是时时处于赶路状态之下，一定很少有从容坐定书斋、读书为文的闲情闲心。事实上，跌跌撞撞走在谋生路上，孙方杰始终牵挂着他的诗，为诗所感动。这是一个有着浓重诗歌情结的人，热爱诗，还热爱有关诗歌的事。持续数年的山东省诗意校园活动，就是他的杰作之一。许多诗人参与了这项诗歌活动。每年春天的山东省"诗意校园"活动，既配合了《诗刊》社的"春天送你一首诗"大型社会公益活动，也成为山东省教委素质教育的一个亮点。

诗，仿佛另一种纬度，编织他的生命，使得他在经营企业必须面对的嚣杂中，找到并保持一种沉静。这是不易做到的事。还有，诗歌活动说到底也是一种"动"，而诗本身需要的或许更多是静。那么，在他身上，动与静到底是怎样有机结合起来的？还真是一个谜。

静，让人变得细腻，生出无尽的想象。写诗人的心境，虽然别人无法真切体会，还是可以透过诗歌文本瞥见一二。"一块很大的钢，自什么时间开始/你的腹部以下被埋在了深深的土中/你的腹部以上被袒露于静静的风里。"好像一幅静物画。这时，"一个坐轮椅的人/从你面前经过时停留了那么长时间/半埋土中的钢，你们久逢知己的样子"，半埋的钢的面前，动着的是一个轮椅，停留的是一个坐轮椅的人。一个有张力的场景。"静静的风里"，有一些难以表露的意蕴，缓缓地发散。

新作《与奶奶在梦中相见》，也让人读了以后觉得有一股静气：

> 上次见面，你在村后的菜园里
> 拔蒜薹。你身边的油菜
> 结满了荚。一只蚂蚱
> 跳到你的肩膀上，停了一会儿
> 就飞走了。我看见
> 你胸前的一颗纽扣脱了
> 一根二寸长的线。
> ……

　　古人说：宁静致远。这里的"远"不仅指向未来，也指向过去。相对诗（文学）而言，大约指向过去的意义更大些。毕竟文学总是与回忆发生关系的。在孙方杰的记忆里，《刚过去的昨天》，有《拉小提琴的姑娘》，《夜已经深了》，他《雨夜想起母亲》。

　　《死又如何》也是一首挤满了回忆的诗，里面有许多故去的同龄人。不可知的宿命令许多生命戛然中止，也让一个原本看上去已没有希望、处于生死边界的生命，活了回来："我，孙方杰，两岁时发烧引发肺炎/医生放弃了治疗，我的五祖父/已在村外的乱坟岗挖好土坑/七天之后，我活了过来/六岁那年，又被人从河里救起/至今跟跟跄跄地活着，拼尽全身的力气。"最后，诗人在诗中说："做一次彻底的离开，只有死亡/死亡之前我像时光一样活着。"这话说得有股韧性，似乎又把人带回到钢铁。

每个具体生命都被一种我们不能左右的力量所主宰。自然的力量,非自然的力量,搬起具体生命,像搬起那些钢锭。这力量,可以让你生,也可以让你死;可以让钢锭半埋在土里,也可以让钢锭派上用场。然而,生命也绝不是低眉顺目地承受着这一切,即便是钢铁断开,也会发出声音:"像钢的钢铁断开的声音 / 传扬开去 / 迅速统治了整个原野 / 声音灼伤之处,震碎了巨石和树木 / 一只巨鹏掠起,鸟跌落 / 火焰被灭,灰烬 / 成为这夜晚最为黑暗的中心。"

一个早先的炼钢工人,一个后来的民营企业家,尤其重要的这是一个虔诚的诗人。许多年过去,当孙方杰用诗来回眸他的钢之缘,诗人已在生命意识中注入钢的品性,或者说把钢的品性代入自己的生命意识中。

孙方杰在诗中说"如果允许,我愿意在一个小镇上住下 / 从此不再出发,如果需要一个铁匠铺 / 我就再造一座炼钢炉 / 从此与你一起,心中怀着光明 / 双臂环抱幸福"。

当我们有幸读到他的诗作,仿佛看到了"一块行走的钢 / 在春光里 / 迷醉,激动,怀揣梦想"。

"回到我要的时光"
——《寻找永恒》读后

翻到书中这句"回到我要的时光"时,我停了下来,酷暑的热,仿佛一下子退到远处,心绪澄静许多。这是一本搁在案头想读而始终没有时间与心情来读的诗集。读诗需要时间,更需要心境。连日来,事务繁多,闹得心绪与夏日的蝉鸣一样躁乱。在这样的前提下,想要读进一本诗,原是一件不容易做到的事。抓起案头的书翻了几回,再放下,心,始终不能沉静下来。呵,这不是"我要的时光",终于,诗人的一句诗改变了我。

把书合上,再翻到书前,看一些关于作者的介绍,看一些与诗有关的图片,才知道作者原来是一个艺术品收藏家,收藏陶瓷,写陶瓷诗。我看诗集,喜欢倒着看,一般都是先翻看诗,再回头看人。据序言介绍,作者林裕华就是这样一个专写陶瓷诗的诗人。我一下明白诗人"要的时光"了。事实上,"回到我要的时光"正是一句非常贴切的陶瓷诗。我甚至想,用这句诗来做诗集名,也许比"寻找永恒"更合适。

"回到我要的时光",好,也贴切。这句诗如果是写成回到"过去的时光"就流于一般了,那些唐陶明瓷,虽然都属于过去,可"回到过去"只是一种顺序的回流,是常人思维,"回到我要的"就不一样了,"我要的时光",虽然也属于过去,却不是单纯怀旧,也不是被动的顺序的回流,是一种选择,对过去岁月的选择与抉取。诗集中那些陶瓷图片,无论是唐代的青釉双系龙首壶,还是宋代的仕女梅瓶,无论清康熙年间的素三彩象耳尊,还是明代的青花轮花绶带抱月瓶,都是岁月的拓片,是凝固的时光,而它们正是作者向往回到的"时光",也是作者选择与珍藏起来的"我要的时光"。

一句诗的共鸣,把我带入林裕华的陶瓷诗中。

> 常有清风相随
> 在蕉叶上
> 我是你的孩子啊
> 依依不舍。
> (《轮花抱月瓶》)

这是一首写明代陶瓷的诗。"清风相随/在蕉叶上",很具体生动的内容,在瓶壁上被读出来,更妙的是那轮被"抱"的月亮,在这里成了"我是你的孩子啊/依依不舍"。

"漂在口沿的/汉水啊/握碗的手/为你失眠。"(《哥窑葵口碗》)这也是一首写具体陶瓷的诗,"漂在口沿的/汉水啊",写得浩瀚缥缈，尤其"为你失眠"的手，写出更具张力。

"那面江而立的 / 是月光捆扎的情怀 / 写着方言 / 与我对语。"（《大江东去浪淘尽，千古风流人物》）这应当也是一只陶器，画面采用的是苏东坡《念奴娇·赤壁怀古》词意。在林裕华这里，"面江而立的 / 是月光捆扎的情怀"，不仅如此，月光还"写着方言 / 与我对语"。

再看《孤山秋思》："轻落孤山的秋色啊 / 铺在了长堤上 / 为何还要擦拭 / 老家的背景。"前两句写画面上的景色，后面两句却从具体景致跳出来，由实而虚，"老家"是什么，为何"还要"去"擦拭"背景？一个陶器上的画面，它所牵起的诗情竟那样具有张力。

在这本不厚的诗集中，我读到许多这样的诗。它们有着浓郁诗意，又具有陶瓷陶器的显著特点。再看这首："年年有我扶着 / 一个汉字 / 光彩照人的面庞。"（《春来发几枝》）是一句好诗，再想想，也是一句写陶瓷的好诗。这地方有几个字炼得特别有笔墨情趣，"扶"着"一个汉字 / 光彩照人的面庞"，陶瓷的文化背景显现出来，陶瓷器皿的特点也显现出来。这样的诗和句子，在这本诗集中有很多，它们反映出作者的一个写作特点：比较注重炼字炼句。炼字炼句是中国传统诗歌常用的技法与特点。从这里，我们可以看到，林裕华先生的诗，是一种具有民族诗歌特点与体现陶瓷诗歌特征的诗。陶瓷藏品正是这样一种民族文化的瑰宝。痴迷于陶瓷收藏以及诗歌写作的林裕华先生，写出这样的陶瓷诗，从形式到内容令人惊讶，也令人信服。

"乐之居里居乐之"
——与王乐之聊诗词

因同事与好友傅晓红的推荐,从韩国开会回来,读到王乐之小友的诗文。意外地得知,王乐之1990年3月生于泰州,这个时间节点,我尚在泰州文化馆供职,1991年年底才调南京工作。我与王乐之曾共同呼吸过泰州的空气,算是老乡。

王乐之喜欢诗词,似乎很痴迷,持续写作许多年了。诗词与诗歌,不是两个概念,新诗与旧体诗(诗词)都是诗。上一届中法诗歌节主题是:诗歌的历程与场域。在诗歌节的对话、交流、讨论过程中,我注意到法国诗人指涉中国诗歌,较多征引或涉及李白、杜甫、苏轼甚至唐寅这些古代诗人,更有法国诗人引证庞德的现代主义是翻译中国古典诗歌时所受到的启发与影响。也就是说,在国际诗歌交流层面,法国诗人涉及的关于中国诗歌话语体系,是涵盖新诗与旧体诗(诗词)的。由此可见,新诗与诗词(旧体诗)并非如王乐之强调那样壁垒森严。

此次在韩国参加第一届中韩诗人会议，韩国儒学大家止山先生曾问我现在中国写"汉诗"的人还多不多（韩国称我们旧体诗为"汉诗"）。他这一问，我立即想到在高校与学生做诗歌交流，大学生中有许多诗词爱好者，并且会收到他们递上来的一些诗词稿件。王乐之在自序中说："我身边的同学也有几个写诗词的，有受到武侠类文学与游戏作品的影响大放厥词的，绝艳不下柳永；有每次遇到烦恼就借酒消愁，然后再下笔写出诗词来的，活脱脱一个李白。而我是个什么风格？综观我的作品，基本上都比较通俗易懂，那么我大概就是白居易吧。"这些诗词爱好者与古人到底是什么关系且不说它，至少证明我向止山先生介绍的喜欢诗词的年轻人甚多，此言不谬。

为何喜欢诗词的年轻人多？这与我们的诗教有关。我们的课堂教育，旧体诗词占诗教比重大，在家长那里，孩子牙牙学语，一些千古传唱的五言七言诗就进入语言启蒙。这种诗教环境与背景决定了孩子们诗歌审美经验，天然地亲近传统诗词。"青春无处不是诗"，当青春少年用诗来抒发情感，诗词是他们首选的样式。这与诗教和阅读经验有关，也有个人喜好做铺垫。喜好归喜好，就目前看到的高校学生的诗词习作，少有让人满意的。王乐之自序中也写道："用咱们'金陵诗社'社长来均的话说，属于'老干体'，属于'泥古诗'，看起来就像退休老干部闲来无病呻吟两句，鲜有具体内涵。"

为什么会这样？这得从诗教和诗人这两个不同的概念说起。诗教是一种基础教育。旧时，一进私塾门，就平对仄，仄对平，开始学诗词格律，因此，旧时私塾出来的学生，没有不懂诗词格律的。如果说懂诗词格律、能按照诗词格律写点诗的都是诗人，旧时读书人就都成了诗人。显然，这不是事实。古往今来，多少读书人，其中能以诗人冠名的人甚少。这正如识字与写文章的关系：识字是基础教育，并不等于识的字多就能写出好文章。现在的课堂教育与旧时私塾不同，科目众多，诗词格律不是主科目，今天的学生懂不懂诗词格律，与升学、成长、成材几乎没有关系。懂得且能运用诗词格律的人成了少数。即便如此，这少数人掌握的依旧还只是基础知识。以上算是对作者自序中一段文字与疑问的回应与阐释。

搁下王乐之的自序，看他的诗词作品，虽未有太多惊喜，却也能见到这样一些不俗的句子："只身漂泊处，无月寄乡情。"再如"落花惊弱步""伤心笑儿重""柔情细夜中"，这样一些句子，细斟酌，虽未必十分精准，依旧可见作者诗词学的修为。此外，如"莫哀尘世浮华挤，此去天堂道路宽"，也颇自然流畅。尤其这首《七古·乐之居》：

束河有居曰乐之，
乐之居里居乐之。
居之乐乎居者知，
乐之居之甚乐之。

把自己的名字嵌于其中，颇多诗趣。足见一旦没有了严格的形式要求，作者自由发挥就从容得多。如前所说，今天的诗教远非昔时，单说这基础知识，就得额外下功夫去学习、掌握，再去运用它，确实不易。何况，白话文，普通话，现代汉语，这些现代的语言元素，用于构建在书面语、文言基础上的格律诗词，未免难上加难。前人曾经说过，格律诗词，形式要求严格，差不多是戴着镣铐跳舞。古代诗人的诗作所以能流传千古，就在于他们能够在不自由中找到自由，譬如于走钢丝的高难度中做出匪夷所思的优美造型。这一点，先不说个人诗才如何，单从基础知识层面，单从语言元素的先天不足，今人就先够不着古人的熟练与自由程度。于是生造词汇，凑声凑韵，都出来了。且莫说众多爱好者，即如小友王乐之似乎也不能免。比如"世事千翻浪，人生几弄潮"。"千翻浪"与"几弄潮"就有生造之嫌。还有"壮志今犹在，雄心业未消"。"壮志"与"雄心"，在用字极其经济的旧诗中，用这两个几乎同义的大词，作者的心思，想必还是用在对仗上了。这就多少有点形式大于内容，因辞害意了。

所好者王乐之写诗词，喜欢大于其他。这一点暗合我们传统文化中的诗歌精神。子曰："入其国，其教可知也，其为人也，温柔敦厚，诗教也。"（《礼记·经解》）《论语·季氏》还记载：陈亢问于伯鱼曰："子亦有异闻乎？"对曰："未也。尝独立，鲤趋而过庭，曰：'学诗乎？'对曰：'未也。''不学诗，无以言。'鲤退而学诗。"

与王乐之聊诗词的乐趣就在于：乐之居里居乐之。翻译成白话则是：我快乐的家里住着我的快乐。也可以翻译成：我快乐地写诗词，我写诗词很快乐。

第二辑

灯下杂记

大桅尖记游

距离第一次来连云港已经十八年过去了。十八年，这数字有点儿吓人，如果十八年前第一次来连云港时刚好生一个儿子的话，这小孩今天已经十八岁。显然，身边站一个十八岁小伙子，会让人对时间流逝体会得更直观一些。十八年来，我曾多次来过或经过连云港，连云港的许多景点也都走过，看过，算是连云港的老朋友。不仅如此，2000年7月，在连云港疗养期间还顺利地写完一部书稿。这些，都是我与连云港的情缘。

此次又来到连云港，陈武兄叫上几个朋友去看大桅尖。大桅尖是云台山国家森林公园五大山体之一，有说是江苏第一高峰，也有说江苏第二高峰。据说，让它成为第二高峰也是为了让名闻遐迩的花果山更"高"，是顾全大局的"高度"。我之不识大桅尖，不是大桅尖的错，也不是我的错，毕竟我只是连云港的客人，来去时间总有限制，主人们一般也就是陪着去一些名声响一点儿、距离近一点儿、开发程度高一点儿的景点。大桅尖属于云台山系，位于云台山北区，云台山脉形成于震旦纪，地质学家认定的这一年龄，使得大桅尖及其自然生态保护区的资历听起来有点儿吓人。《苍梧晚报》的记者朋友和林业局一位领导，陪我去爬大桅尖。说爬有些矫情，如果真的爬上这么一座大山，显然不是一时半日能办到的事，且不说体力，爬山的人与陪同的人都没有这么多的时间。上山，下山，坐的都是车，沿着山路一溜烟儿地上去，满目青绿山色，起伏绵延，车在山道上转来拐去，车上人感觉海拔越来越高。这是目前通行的爬山法。当然，如果仅仅是这样的"爬"山，意思也就不大了。

山中某地，把车停在一个没有路的地方，我们决定从那里正式开始爬山。这是真正意义上的爬山，不仅因为我们不再借助任何交通工具，更在于我们随时准备下脚去踏的地方，并没有一条现成的路，甚至连是否有人踏过的痕迹也看不出。那些生长得比较草率且说不出名目的树，自然而然地形成一片丛林。遍地是碎叶、腐叶与丛生的野草。陪同我们的林业局领导，顺手从地上扯起一根枯枝条，一边抽打着草丛，一边踏将过去。这是真正意义上的"打草惊蛇"，他用这种方法让草丛里的蛇为我们让出一条道来。想起蛇，让人有点儿害怕，尤其是七八月的蛇。陈武和《苍梧晚报》刘记者一前一后裹挟着我，我们一行四人成单队排列方式，钻着旁枝横逸的杂树丛林，一边"打草"，一边向前踏去。注意力全在脚下，不仅怕碰上什么生物，还得担心带刺的枝茎、腐叶下渗出的水和水渍。有时，一根枝条突然横在了你的面前，让人吃了一惊地缩下身子。不小心，手就在一根不知什么刺上剐了一下，剐出一条小血痕。就这样，走了不很远的一段距离,汗水湿了一身。这是从未体验过的"爬"山,有那么点儿心惊肉跳、刺激,也让人在原生态大自然面前,觉出自己的渺小。

停在山间一个空隙处,喘口气,乱说笑话:假设把我们放回森林,也就是还原到这样的生存环境中,我们能不能生存下来?男性与女性,到底谁的生存能力更强?也就是随口说说,谁也不认真对待这样的话题,主要是注意力一下子集中不起来。倒是陈武与刘记者借休息机会调换了一下位置,大约他是觉得让一个女性处于断后位置有些不太合适。野山里到处是水流的声音。从树林的缝隙里隐约可见山石与流泉,就觉得总在树丛里"打草",远不如沿着山泉行走有趣。后来,年轻勇敢一些的陈武率先缘乱石攀爬到了山泉处。他高兴地脱了鞋袜,光脚踩在泉水上。接下来,一个个都下到山泉与裸露的山石上,果然另是一番风景。山泉与山石是自然森林的窗户,是透气的地方。踩着山石与山泉,有一股凉意漾上来。还有山风,刚才在林子里一点儿也感觉不到的山风,非常惬意地吹过来。这是在城市里无法体验的惬意,不仅因为有山风拂来,还因为城市的空调让人始终保持着不出汗状态,没有自然地出汗,也就没有自然山风所带来的惬意。我取出相机,东西南北地照了一番。

忽然一声惊叫,那准备充分、早已扒了鞋袜的陈武,一不小心摔在山涧里。他采取跪姿跪倒在水里,站直时,两条裤腿精湿,挽起裤脚,左膝盖处有了两块血痕,向外渗血。因为挂彩的缘故吧,他的狼狈模样引起的笑声并不热烈。我一手提着相机,寻找角度,试图借助一块水中的石头,跨过山涧。我左脚伸出去,在那块看上去很方正的石头上,试着蹬一蹬,踩一踩,在确认没有安全问题的前提下,一脚踏上去。然而,就在那一瞬间,那块方方正正的石头竟然动起来,我情知不好,下意识地叫了一声,向左后方倒下。下意识中有意识。事后才知道我选择的跌倒方向,与我右手抓着一个相机,右侧裤袋里还装有一个手机有关。我左侧落水一屁股坐在水里了。左侧后的裤管及腰间全被泉水湿透。立即站起来,跨出涧水,忙不迭地把左侧、后裤兜里的证件、钱、票据,以及所有可能被水弄湿的东西全掏出来,摊到山石上,像个捡破烂的,然后再把它们分门别类,收到另外的衣兜或提包内。手忙脚乱之际,已经顾不得别人的反应,隐隐约约地,觉出自己的这一跤摔得比陈武更少风度。我这里才收拾停当,那位向导朋友又是大吼一声,待我转过一个山弯来看,这位来自林业局的领导同志已经打了一个大赤膊,据说他是脚底一滑,四仰八叉地倒在水中,身上那件名牌T恤全部浸泡在水里,他跃出水面,第一个动作就是把上衣给扒掉成一个光膀子。在很短时间里,三个男性先后以三种不同姿势失足落水,把刘记者给乐的。她大约在想,这些男人似乎都有一种追时跟风的癖好,要么不摔,要么一个接一个地摔,还摔出不同花样来。不过,这刘记者倒也厉害,同行中三个男性都摔倒了,她却依旧站得稳稳,不得不佩服。

这三个跟头一摔,这次探险旅行似乎也该画句号,我们抚着自己精湿的衣裤,实在无法再往前行进了。沿着来时方向往回走,"打草"归去。也就一两千米的长度吧,我们终于回到了起点。站在停在山路上的汽车旁,远远望着山峦起伏的大栀尖山,再想我们刚才走过的那一截路,其实等于什么也没有走。难道不是吗?眼前的大桅尖,以及它所属云台山系,往更远处,可以推及它们所属的沂蒙山系,多么幅员辽阔呀,一两千米在这里还不等于什么都没有?虽然三个男子曾经在那里摔了三个不同花样的跟头,它依旧渺小得等于没有发生。人活在这个世界上,其实也一样,凡人且不说,那些看上去轰轰烈烈的大人物,辉煌一生,到头来依旧什么都不是,也就是在宇宙中走过一两千米、摔过一两个跟头而已。

实实在在的事情是半天时间没有了,我们该下山吃饭了。这样一个蜻蜓点水式的旅游就这样画上句号。这句号也来得太快了,那么,慢一些又如何呢?一天?十天?更长时间,相对于大桅尖山区、云台山脉、沂蒙山系,我们依旧走不出去很远。走出去再远,留给我们的遗憾都是一样的。

丢掉一个黑夜

从巴黎飞上海，行程9500千米，空中飞行10小时30分。一个不短的行程。坐的是经济舱，飞机上又是满员。东方航空的国际豪华航班其实不豪华，尤其是经济舱，座位与座位之间那个窄，我这个一米七八身材的人，坐着两条腿有点儿伸不开，更甭说半躺下来。

飞机一路往东飞，太阳迟迟不肯降落，巴黎时间已经晚上10点过去，窗外的天空依旧大亮。空姐们来关一个个舷窗，打开夜灯，说要模拟一个夜的氛围，以利于机内乘客倒时差。从巴黎到上海，时差7小时。这时差将在长途飞行中倒回来。

飞机上，有人用比较委屈的姿势开始打盹，还有人轻轻地打鼾，毕竟，能用这种姿势打出如雷鼾声的人不多。我没有睡意，靠在舷窗，不时撩一撩窗罩，窗外天空就是不肯黑。巴黎时间已经快凌晨1点了，在过道中散步的一个无眠的同伴问我，天黑了没有？我又撩了一下窗罩，窗外依旧没有一点儿夜的意思。

那同伴脱口说出一句睿智的话："哈，我们丢掉一个黑夜！"

这句话让本来就没有睡觉的我再也没有了睡意。朝着太阳升起的方向，追赶时区，丢掉一个黑夜。黑夜与白天轮值，是自然现象，时差也是自然现象。换一个方向，从上海飞巴黎，黑夜则变得特别长。自然现象是规律，无法改变，它只是让我想起另外一些内容。比如生活，比如生活中的快乐与烦恼，它们是不是也分白天与黑夜？如果白天意味着快乐，而黑夜意味着烦恼，我们是不是也可以通过选择方向，来延长白天缩短黑夜？生命长度是一定的，让快乐多一点儿，烦恼少一点儿，生命的质量是不是会提高？

丢掉一个黑夜，意味着可以丢掉许多个黑夜，这里说的显然不是单纯自然现象。飞行在1万米高空，我忽然有点儿兴奋，有一种全新的感觉。在一个本该是夜的时间，我的心情忽然像窗外的天空一样阳光！

不敢掠人之美，我得把说出这句话的人的名字留在这里，他是我的一个同行者，名叫周梅森。

人在旅途

　　人在旅途,是一个沧桑的话题。前不着村,后不靠店,走也得走,不走也得走,且不说还有"风刀霜剑严相逼"。这情景若从江湖人物嘴里道出,便是那句"人在江湖,身不由己"了。

　　人在旅途,令人越过一个个站台每每联想起本次列车的终点。对具体生命而言,本次列车的终点无疑只有一个,可以不说它,但人人都知道是什么。它的绝对性、实在性,每个人都回避不了,无论大人物还是小人物,无论贫富贵贱,到头来,都一样"荒冢一堆草没了"。想到终点,人在那个不长不短的旅途中,就不怎么舒坦自在了。有人高唱"何不潇洒走一回",个中"潇洒"其实有限,"何不"两个字似乎已露出些许硬着头皮的窘态。

　　要么悲观下去,要么振作起来,旅程虽然不会因为人的精神状态延长或缩短,但旅途劳顿难免会影响乃至决定人具有这样或那样的精神状态。也会有不时悲观不时振作的第三种人。第三种人无疑是绝大多数。反观自身,我这人似乎迹近第三种人。只不过我又是大多数中的大多数，悲观的时候居多，振作起来的时候居少。当然，也算不了是彻底的悲观主义者。若是彻底的悲观主义者，倒也常常会有一些惊人之举，像三毛，像海子。这样的人我是望尘莫及的，至少我还从来没有想过会以这种方式来中止自己劳顿的旅程。我好像还是认同"好死不如赖活""千古艰难唯一死"这样一些老话，没有那些常怀激烈的朋友们的勃勃雄心。虽然我也常常钦佩从古到今有抱负的人和他们的那些了不得的抱负，比如，语不惊人死不休；比如，自信人生二百年，会当水击三千里；等等。所谓"虽不能至心向往之"，落实到自己的头上就不大来事，明知人生短暂，却又始终不愠不火、不紧不慢。我的不来事主要表现为行为上的中庸，并且我从理论上也倾向于中庸。我总认为从来都是两头小中间大，英雄与狗熊居少，而庸常之辈居多，人生不过百年，其间又每每多灾多难，与其硬撑着扮个英雄模样，画虎不成反类犬，倒不如做个平头百姓来得轻松。显而易见，这是为自己开脱的理论。

然而，又有什么能让自己心安的更好办法？我不知道。人在旅途，心安与不心安都一样，列车会以它应有的速度行进。无论你唱"霜叶红于二月花"的亮调或咏"林花谢了春红"的灰调以及"西边的太阳快要落山了"这般半亮半灰的调调，都不能影响终点的存在和终点的逼近。所以，死人的事是经常发生的。这是很达观的说法。

不达观又能怎样？在一本书的后记中我曾经写道：在有限与无限的短暂的对峙中，你企望超越有限。这自然也是真实的想法，却只存在一念之间。更多的时候，我向往的却是"随便敲下一扇门／可以随便走进一家小院／可以将四季随便关进去／树荫下那张躺椅上／翻翻随便那本书／或者躲进小楼／吐随随便便的烟缕"。这似乎是一种闲适的姿态。只是不那么彻底罢了,因为清风小院里不时会传出一两声叹息。就像当年自己写的诗:"跃不过龙门／游回来／当安分的鲤／小巷弯弯／一条感伤的小溪。"不安分的时候,你会强烈地感觉到许多的无奈;安分的时候,又有一缕淡淡的忧伤,时有时无地袭来。这便是两难困境,与生俱来。

  人在旅途,不单纯是一次永远不能重复的单向旅行,更是一种挣扎,两难困境中无望的挣扎。

我的遥远的……

明眼人一眼即可看出,这篇短文的题目模仿了史铁生君小说《我的遥远的清平湾》题目的句式结构。我极其仓促地写下这半截头题目,这才发现接下去根本不知道该怎么落笔。头脑中混沌一片,唯有一缕淡淡的类似深秋或初冬常有的忧伤情调,延展如省略号的六个圆点。

我眼下的居所距离长江大桥不远。夜间做梦的时候,似乎总有长长的透映着冷光的铁轨横卧梦中。假定梦是一帧长方形或正方形的画面,它们便自左下至右上,以两条平行的斜线切割这帧画面。如今,我已经总结出在这江岸的夜切莫轻易地醒来,因为,一旦夜半醒来你就不要再想睡去。那似乎就卧在枕边的铁轨几乎没有一丝空隙地被车轮敲击着,还有从身边流过的不眠的长江,机车与江轮的汽笛此起彼伏,唤起人一种极其遥远的遐想。这样的不能睡去的夜,你会发现时间的流动感特强,特质感直观,有点儿像江岸目送征帆,或坐在车厢里打量掠过车窗的树影。这是一种让人惊心动魄的直观。为了逃避它,我每日里不肯早早地歇,读书或者工作狂似的找来许多原本做不完的事来做,直至深深地倦如酒的烂醉,连支配熄灯的意识也恍惚不定。如果有谁见了我室内的灯影一夜到天明,十之八九是我和衣倒下有如醉汉的狼藉。

我坐在台灯下,想这篇短文的不完整的题目,想省略号后面的内容。我很清楚省略号在这里的运用绝非故意留白。在辗转不能入睡,机车通过铁轨、江轮驶过江面寂静而又喧闹的夜,我想了很久,有时又觉得这个省略号用得有点儿似是而非。它省略的似乎是文字无法表达的内容,比如一种难以名状的情绪或某个暧昧的叹息。

大前年的春天,我曾利用回乡探亲的机会专程去了一趟原先插队的生产队——这样的叙说似乎已对史铁生模仿到了极致——如今那里已改成乡村建制了。这一点无关紧要。我来这里的目的只是为了寻找一些旧日的踪迹。当年插队时住过的两间茅草屋,和茅屋周遭数十株挺直的钻天榆,早已没有了。这是意料中的事。然而,我还是惊讶了。眼前是一垄垄油绿绿的麦苗,在春天里拔节,生机勃勃绿得极其滋润。我略带些迷惘地面对着那一望无边的滋润的绿,然后左顾右盼地寻找坐标,用脚在麦田中间比画着、丈量着。事实上除了自己确认的一个似是而非的位置以外,我什么也没有找到。现在,我的眼前一马平川尽是些生生不息与我毫不相干的生存状态。眼前的这个世界里没有我,尽管我曾经确凿地在这片土地上哭过笑过呼吸过饮食过整整十年。这里的土地,以及生于斯长于斯的另一些生命,已经完完全全地忘记了曾经有过的这样一个确切的存在。唯有当事人——我,凭了斑驳的记忆在这里依稀地辨认。一旦没了当事人呢?生命的规律告诉我们,这一天迟早将会来到。那时候,这里就只有麦田了,再无其他。即便有也只是捕风捉影的传说,很大程度上是想象创造出来的东西,如同历史一次次被后人重构。

我的遥远的不是"清平湾",虽然我写到了插队和农村。当时间很质感地流失,当身后的痕迹渐次模糊,去日苦多或者说来日无多,我还能说些什么呢?除了抓紧现在的时间,极其经济地消耗生命的剩余部分,我想我什么也不必说。

当2097年的麦苗又一次在5月的风中摇曳,人们站在春光里,遥远地看着1997年,这时候,早先堆储的黄豆或杂粮已经被我们吃完。2097年的人们还吃不吃黄豆或者杂粮?我们都不可能知道。这正如他们看着1997年会怎样思想,我们不知道一样。相对于我们,他们好像是另一个星球的生物。他们遥远且陌生地看着我们,匪夷所思地看着我们。他们大约不会知道,此时的我正在与他们遥相对望。

现在,我就在后来者的视野中遥远地伫立,不无期待地看着他们。我期望他们什么呢?或许只是期望他们站在那片绿色的麦地中间不再如我一样迷惘——假如我能把生命有效地转换成另一种可感的物质。

等我一千年

去连云港办事,陈武兄陪我去看花果山的日出。天色朦胧,晨雾迷茫,小车在山的最高峰把我们抛下。山顶与山下气温不同,本来没有的风,突然刮起来,本来不单薄的衣服就显得单薄,两手抱肩,在山巅徘徊。再看东方,由于雾重的缘故,能见度很差,几步以外,伸手不见五指。显然,这样的天气根本无法看日出。我们在风口坚持了一会儿,也就不再坚持了。我自嘲地想,我们来过,是天公不作美。

那就步行下山吧,一路上看看山色风光也不错。在久候无望的前提下,我们开始往山下移动。陈武见我两手抱肩,似乎禁不住风寒,就说,我们到大圣祠去喝点儿热茶吧。大圣祠大约是供奉那个大闹天宫孙猴子的地方。不知为什么,里面竟空空如也,除了一个卖旅游小挂件兼卖些热饮的柜台,只有一个清冷空殿。在这样情景下,买两杯热茶,暖暖身子是最容易想到的事。想不到空无一人的殿内,竟有什么轻轻碰了一下我的左肩。陈武站在我前面柜台边,除了他会是谁这么熟稔地拍一下我的肩呢?我忽然有些悚然,顾左右,再周边,终于发现碰我肩的竟是一个从上面掉下来的小木雕,想必它原是屋顶房梁上的小饰件。这时,它就躺在我的脚边,上面蒙了许多网状的尘垢。我弯下腰,把它捡起。陈武正好端了两杯茶过来,问,什么东西,抓得一手的灰?我把手伸出来,让他看过我手中的小木雕。我说,怪了,怎么会在我刚好走进大殿的一瞬间,它正好掉下来,落在我的肩上?

着实奇怪。这个古殿到底有多少年了?在孙猴子没有被吴承恩写出来的时候,这里是一个什么所在?我一概不知。有一点很明确,自从有了这座殿宇以来,进出这里的古人、今人想必不会少。奇怪的是为什么当我进来的时候,它会掉下来并且落在我的肩头?那么,它又是什么,难道只是一个没有生命的木雕?我忽然想起《聊斋》里那些个精怪故事。对了,它莫不是始终在这里等我的有情物,木雕只是它的别样的形态,它可能还有另一种形态,另一种形态的她,想必跟我有宿缘。若不是前世有缘,命运怎么会安排我在某年某月某日来这里,又借助山风的寒气,驱使我走进这所古殿,于是,我们穿越千年乃至更长时间,在这里相逢。

想到这里,我的心忽然变得柔软起来。那个蒙满尘垢的小木雕,在我眼里亦仿佛有生命之物。我把它收在我的挎包里,背回南京,接下来,我把它擦洗干净,搁在我的书案前。经常,我晚上写东西时,会抬起头瞅瞅它,瞅着它就又想起缘分这个词来。有时还会跟它说说话,或者自言自语。我问它:你到底是谁？我也会问自己：我到底是谁？为什么你这个远在千年前，距离数百里，高居山顶上的东西，竟会随我回到江南，回到我的家中？书房里，书案上，对视良久，我常常会有一种三生有幸的感觉。

等我一千年，那是一种何等的执着与友爱！

生日快乐

去北京出差，抽空去看一个朋友，朋友一家陪我下馆子吃饭，于是，就结识了他们的宝贝女儿。她大约六七岁吧，据朋友说她生性很内向，一般不与生人说话，不知为什么竟喜欢跟我说话，且说得很开心。她父母都很奇怪，说怎么就变了个人似的？我也想不出任何理由，那孩子想必更想不出。

饭后出来，她牵着我蹦蹦跳跳地走，还让我跟她去小区花园去玩双杠，一路走，一路说话，后来，她就告诉我一个小秘密，再过两天她要过生日了。

我惦着她的生日，去蛋糕店为她定做一个蛋糕，两天后送到她家去。她父母大吃一惊，问我怎么知道他们宝贝女儿过生日的？我嘿嘿一笑，说，这是我和她的小秘密。插上电子蜡烛，一点燃，蛋糕上那一组蜡烛像烟花一样弹开，《祝你生日快乐》的音乐声旋即响起来，真美妙。那小孩高兴得手舞足蹈。看着那小孩兴奋的神情，我也很开心。那一刻才想起，小时候我也曾这样热切地盼望着自己过生日的。

不知从什么时候起,我渐渐地疏忽了自己的生日。对于生日,我习惯记农历的日子,而日常生活往往只跟阳历打交道,所以,一不介意就忘了它。有时甚至是过去了很久这才想起,原来那日子已经过去了。人一长大,对于生日就不那么看重了。其实,忘记生日也没有什么不好,生日过一个就少一个。尤其中年之后,时间成了稀缺资源,做孩子时那种对生日的盼望以及生日快乐的感受,渐渐生疏。

不知不觉中,又是好几年过去,在一次活动中忽然又与那朋友碰上。寒暄过后,她忽然说,我那女儿每回过生日都会问那个叔叔呢,他怎么再不来北京了呀?

她问女儿,怎么总想着那叔叔呢?

那孩子挺认真地说,我想祝他生日快乐!

我又想起那个牵着我的手、蹦蹦跳跳走路的小女孩。那孩子想必不小了,应当读初中了。女大十八变,也许她已经变得我见了面不一定能认出来了吧。许多年之前,她曾用一个少年的全部天真来表达对我的友好,使得我那个冬天的北京之行,过得很开心,很愉快,而且,她把这种友好之情保持了许多年。

又是冬天,我坐在书案前,想起这件往事,依旧很感动。

为什么我的眼中常含着泪水

我始终相信人的身体内有一些可以用语言触动的敏感部位,因为语言的刺激,它们会产生一些类似电刺激所产生的生理反应。已故的艾青先生有两句诗:为什么我的眼里常含泪水/因为我对这土地爱得深沉。是那种直抒胸臆的诗。一般来说,我更喜欢隽永含蓄的诗,然而,每当我轻轻诵起这两句诗,可以感觉到眼眶的湿润。我不明了,我的泪腺的某个部位为什么会跟艾青的诗发生联系?因为,从严格意义上说,我并不十分喜欢艾青的诗,尤其是他后期的诗。这是一件奇怪的事情。

这或可以说是一种自作多情罢了。常常,我会在一些别人无动于衷的地方,铺陈自己的情感。比如,当我在街边,偶然见了一个看上去并不很可怜的老人,她也许穿着还十分的考究,只是她那容颜的枯槁或者形单影只,我的泪腺会显得十分丰富,忽然之间,竟会有类乎泪水的潮润模糊我的视线。我的这种毛病,或者说习惯,常常会使自己有点儿喜怒无常,于是,在一些看上去寻常的日子里，会突然间扫了别人的兴致。

有一年，在北京音乐厅听一个外国人的管风琴演奏，那时，北京音乐厅刚建好，油漆味好像还没有散尽。一个编辑朋友一定要请我去听音乐，无疑是很高雅也很昂贵的艺术欣赏。就去了。环境确实很优雅，那管风琴确实也高雅，只是听不大懂，不过，全场听众的素质真没的说，鸦雀无声。在音乐的段落与段落之间，会从台侧走来一个翻译人士，捧着介绍书介绍段落大意，演奏者当然也可以稍事休息，再酝酿酝酿情绪。大约是第四或第五乐章的时候，翻译解说完了，退场。那演奏者却没有演奏，而是离开演奏台，去台下拉回那个翻译者，叽里呱啦说了一大段，然后那翻译就又站到台前不无尴尬地说明，刚才他把上一个乐章与下一个乐章的大意刚好翻译倒了，呵呵，原来她也没有听懂音乐。这时，你看北京音乐厅里的听众，依旧心平气和，鸦雀无声，仿佛这个小错误根本就没有发生过，当然，我相信在场的所有人也都没有弄清楚音乐段落与翻译段落之间有什么不对，因为他们也没有听懂。也就是这时，身边朋友无意当中瞥我一眼，发现我的眼睛在灯光辉映下似乎特别亮，那是里面添加了泪光的缘故吧。

记得她后来很奇怪地问我，那管风琴你能听得懂？我说，我不知怎么就被感动了。

为什么我的眼中常含着泪水？有人对我说，这不好呢，太小资情调了。

我嘿嘿地笑了笑，没有回答。后来，在一次住院检查中，用一种刺激泪腺分泌的试纸插在眼睑，做泪流量测定记录，结果让我大吃一惊，尽管那试纸又酸又胀，我却不能流出一点半点眼泪，检查的结论也就只能是：泪流量测定等于零。后来，我因此写了一首诗：

> 泪流量测定等于零
> 很让我吃惊
> 这些年，眼泪都去了哪里
> 多想痛哭一场
> 面对仪器，我一点儿也哭不出
> 它们与泪腺缺乏必要关联
> 用异物刺激眼球
> 迫使我流泪的企图
> 注定无法得逞
> 我始终相信
> 器械之外另一些东西
> 能使泪泉喷涌
> 医生和我
> 只是没找到它们

夜 归

日出而作，日落而歇，是人的基本生活模式。自何处出？往何处歇？这好像不是个问题，也没有谁这么问。很显然，这里都省略了一个"家"字。在我们这个星球上，人一生下来就有自己的家，"没有家哪有我"？

无家可归只是一种形容。它只是从另一角度强调了家的重要与没有家的凄楚。真正无家的人事实上很难生存，连流浪汉也不例外。流浪汉不管流浪到哪里，都得找一个栖身之处，破庙也好破棚也罢，白天沿街卖艺或乞讨，黄昏午夜便到破庙或破棚里来栖身。这时的破庙或破棚，其实便是流浪汉的家。从这个意义上，一片屋顶，四堵墙壁，遮风挡雨，可说是家的原始形态。

家显然还应当有更多、更重要的内容，甚至一些不可或缺的内容，比如亲情与爱情。亲情是生来注定的，它不由人们自己选择，似乎更接近天意。所以有"千年修得骨肉亲"的说法。爱情则是后天的东西，两情相悦是它的起点，按说它应当更多体现出人们的自主选择。然而，人们依旧相信那一切仍是命中注定，是一份缘。友情固然珍贵，但毕竟不属于家，友情尤其异性之间的友情，一旦被关进家门，就会变质抑或升华。

有家可归虽不一定被反证为幸福，归与家总是连在一起的。古往今来，多少乡思乡愁莫不是以家作为具体对象，并以它为内核。家乡家乡，没有家哪有乡？再联想国家这样一个大概念，家，正像一个个细胞构成国之基础。只要家还在，亡国就不是一件容易做到的事。这里面原因固然很多，而家的存在，家的稳定性，一定程度上抵御了外来的侵袭与同化。

几个朋友在一起侃大山，每人说一段自己觉得浪漫的事。有一朋友说，他以为最浪漫的事是他与他那年轻貌美的妻子，一天天渐渐老去。显然，他浪漫得有新意，得分颇高。而我，却以为夜归是一种浪漫。荒原上，夜色中，经过长途跋涉的旅人，终于接近自己的家园；风雪交加里，他远远看见了他的茅屋，以及围绕茅屋周围的柴扉；弯道处，他小心翼翼地踏上板桥，这时，就听得一阵阵狗叫声，而自己屋里的灯亮起来，从墙壁的窗洞里透出一些温馨来。毫无疑问，这一画面是对"柴门闻犬吠，风雪夜归人"的解读。有许多内容，比如荒原上，夜色中，风雪交加，比如长途跋涉后，自己的家园，都带有诗人的夸张与想象，现实生活里见不着，或者说，此境只应书中有。虽然如此，我还是常常被"夜归"这样的字眼打动。即便没有诗人描绘的情境，在城市，风和日丽时，当你在工厂里劳作一天以后，蹬了一辆破车回家，远远看见楼丛中属于自己家的那栋楼，看见属于自己的窗口透出一些温馨的灯光，心中自然而然就涌出一股热流。

那一回被邀请回到曾经工作、生活过的城市，去参加一个活动。经过我旧时的住处，天色已晚，虽没有完全黑透，灯已经开始亮起来。我忽然又想起夜归，以及曾经的关于夜归的情调和那种温馨的感觉。我向主人提议说，能不能停一下车？我想去我原先住过的房子看一看。沿着那条曾经走过不知多少遍的路，穿过楼群，拐过小区的九号楼头，我习惯性地抬起头看着这个曾经属于我家的窗口，我看见这扇窗依旧亮着灯，这灯依旧现出往日的温馨。在这里，我曾经住了整整十年，三千六百多天。当年，我曾经一天几趟地从这里出，向这里归。虽然又是很多年过去，走在这里我又回忆当年在这里生活时的许多情景，和那些个让人怦然心动的夜归。

我爬上四楼，在原先的家门前，停了下来。我稍稍迟疑了一下，终于叩响了这扇门。紧闭的门在我眼前展开一道缝，缝隙里露出一双充满疑虑和警惕的女性的眼睛。显然，这是一个我毫不认识的人。我这才意识到自己的唐突。我这才从过去的缅怀中走出来。我对着那双眼睛说，对不起，我敲错门了。我歉意地弯了弯腰。

这时，我面前的门"砰"的一声又关上，并且里面传出一句很不友好的话：神经病！

平民品格与西湖

南京有个玄武湖，也算一个胜景，湖面开阔，西至玄武门，东近紫金山，一大片水泊在城市中间，给城市带来许多灵秀之气。来来往往游客甚多，本地人曾有"吃在丁山，玩在玄武"的美誉。

玄武湖离我的工作单位很近，先前步行过去只要几分钟，如今我的单位搬迁了一次，即便如此，步行也就十来分钟吧。去玩的次数却不多，原因大约是这么两个：一是它近在咫尺，仿佛自家后院，常常想，还不是啥时想玩就能玩，何必这会儿去呢？于是，一次次打消去走走的念头。二是进门一次得买一次价格不菲的门票，让人觉得花钱散步有点儿划不来。也有月票可卖，相对比较便宜，如果不想天天去走他一遭好像也无此必要。朋友中倒是有几个是购了月票的，却不是为了游玩，因为朋友住在紫金山下，从北面的中央门或者东面的太平门绕进城里上班都太远，购月票只为了上下班抄近路穿湖而过。大家都知道，上班下班难免来去匆匆,这月票与其说游湖,不如说是为了行路方便。

我作为南京市民,玄武湖自然也是去过几次的,那都是外地来了朋友,陪朋友去走走看看。玄武湖边上还有古刹鸡鸣寺和保存颇好的南京古城墙,都值得一看。外地朋友走过、看过,都会对这里留下一个好印象,唯一的不好印象就是收费偏高,好像也是一个靠湖吃湖的去处。

有一次陪一个外地朋友乘快艇游玄武湖,那驾驶快艇的人说,还是乘我这艇划算,你们买张门票也要这个价钱,我从湖上送你们上岸就不要再买门票了。言下之意,乘游艇等于免费奉送。于是,我跟我朋友坐游艇湖中荡一圈,在一个没有渡口的树丛,相互援手登上堤岸,好在当时没有月黑风高的背景,不然的话,整个画面就活脱像两个偷渡客。

朋友来自杭州,说,玄武湖好是好,但不比杭州西湖。我知道接下来,她大约要炫耀她的西湖了。其实,也该她炫耀炫耀,在中国,如果杭州西湖不值得炫耀,能炫耀的风光大约也不会很多。不过,她炫耀的却不是西湖的"淡妆浓抹",也不是"三秋桂子,十里荷花",而是西湖的平民品格。她说,西湖就这点好。

其实,杭州我去过好多次,大多是经过而已,也就是主人招待吃一顿饭,陪着去两个景点,或者住一宿。来也匆匆,去也匆匆,印象都不大深。印象最深的是杭州西湖是一个开放的湖,杭州人没有像一些精明的地方把西湖圈起来,或者划成一格格,向游人收费。在杭州城里看西湖,她像一个大众情人,对任何人(本地人与外地人都一样)都一律青睐,你可以在湖边散步,可以在湖边喝茶，放得开的情侣们还可以在那里拥抱接吻，只要不给人过分异样的感觉，谁也不干涉你。

虽然印象深，当时我并没有想很多，过后也不再去想东和西。当听到朋友概括出"平民品格"这样的形容词，不由得极为赞赏。我觉得西湖正是这么回事。其实，哪个城市都会有这么一两个湖泊或者风景胜地，但能比得上西湖有文化底蕴，比得上西湖秀美的湖泊与景观，恐怕不是很多，可为什么西湖可以对平民敞开，让人类共享，而别的城市却不行？西湖就那么平静、秀美、博爱地横卧在人们的视野里，熔铸了几千年文明与文化积淀，没有一点儿贵族气、脂粉气，也没有时下多见的铜臭气息。因了这样一种"平民品格"的概括，让我又感受到西湖的那种亲和力，让我忽然有一股想再去看看西湖的冲动。（此系旧文，如今玄武湖也早就是免费景点了。）

小 巷

北京人称巷为胡同,上海人叫巷为弄堂,其他地方想必还有其他称呼叫法,都是方言。我们这里的称叫最正宗——巷——并非妄自为尊,有传统为证。晋时,陶渊明在《归园田居》中,写了"狗吠深巷中",既未写作"深胡同",亦未写成"深弄堂"或其他。唐诗中有"穷巷牛羊归""日斜深巷无人迹""乌衣巷口夕阳斜"都用了"巷"这名称。

据词典对巷的释义,为"较窄的街道"。其实,巷与街不大相干,只是很窄的道罢。又不是乡间田埂一类的道,此"窄道"两侧必定有建筑物。巷实际上是建筑物与建筑物的间隙。老的建筑,新的建筑,都免不了这间隙。新建筑的间隙,是事先规划好的,多长多宽,大都有一定规划。这一点与旧有建筑群不同。旧建筑一般无整体规划,今日张家砌五间,明日李家砌三进,天长日久,巷不断延伸下去。并且,没有今日的"规划红线"一说,你砌房间隙留宽一点儿,他造屋间隙留窄一点儿,都可以。巷于是不能够整齐划一。城市越古老，巷越深，且多曲折。从这个角度看，可以说最能反映城市历史风貌的，不是常变常新的街面，而是曲里拐弯的深巷、幽巷。

扬州这地方多巷子。到底是文化古城，听了"大十三湾""小十三湾"这样的巷名，便很有历史感。扬州人有句口头禅"嘴是扬州路"，说的是扬州巷子不好钻，绕人，若不一路走一路问，便可能钻进死巷子，或者在大巷小巷里小循环大循环，误时误事。倘是赶路的、办事的，就不能满足于抬头看路，还得张口问路，不然的话，每每欲速则不达。

钻巷子的妙味，原在于不问路。沿着麻石或青石铺成的弯弯曲曲的路，径自走下去，在分岔处，略停一停，然后，凭了即时的意念，或者说跟着自己的感觉，选择左拐或右拐。若经过了九曲十八弯，竟来到大路口，自有一番柳暗花明的喜悦。即便你的感觉欺骗了你，将你导入一条死巷，脚下的路止于一口井，或一扇斑驳的门廊，停下来，瞅瞅那井那门：那井或许有两千年历史了，几十代人饮用过它；那门廊也许已一千多年了，进进出出换了多少新人。若不是"误"怎么能在此际"会"？想想竟有了此生有幸的感觉。昔日，五柳先生若不是迷了路，怎得"误入"桃花源？大约也就不会有《桃花源记》这样的佳文。这是一种"寻味"式的钻巷子，得有几分闲心，才能"寻"出妙味来。

微雨时分钻巷子，另有一番情致。雨声寂寞，叩在麻石板上的足音也寂寞，擎一柄油纸伞彳亍在小巷中，便想起"一个丁香一样的/结着愁怨的姑娘"。戴望舒的《雨巷》美极了，难怪文学史上称他为"雨巷诗人"。戴先生的小巷必定是麻石或青石铺成的路面,而不是今日沥青水泥路面。

有一位写诗的朋友,写过不少与巷有关的诗。他喜欢熟悉的小巷,常把小巷想象成小溪,于是,自己便成了一尾鱼,在其中安静悠闲地游。我却喜欢陌生的小巷,将它想象成人生之旅中的一段历程。陌生故不知将来,曲折则容易迷失,甚至小巷的落寞孤寂,亦颇似人生中常有的情绪。尽管有的时候"小巷的前面是小巷",但"你还是要走/也不回头/风弯弯曲曲地吹/时间之水弯弯曲曲地流"。

阳春面

"民以食为天"是一句老话。这个"天"是米还是面,则与各地的自然条件与饮食习惯有关,而自然条件又每每决定着饮食习惯。我们这个地区,农业上是稻麦双熟,以稻为主,故而,千百年来我们的主食是米饭,面食只是点缀。一般来说,一样东西一旦做了点缀,就不会让人生厌。我们这里的人都不反对吃点儿面食什么的。就是这个原因。我们这一带吃早茶的风气很盛,一壶茶,一碟干丝,佐以包子、蒸饺、面条一类的面点,是"皮包水"的全部内容。而到了中午、晚上,揭开家家户户的锅盖,则大多是米饭、米粥。

事实上,做点缀的面食往往比做主食的粥饭制作上来得考究。难怪一个生长在面食为主地方的朋友说,要吃真正考究的面食,其实是在我们这里。我自然也是那些不反对吃点儿面食的人当中的一个——甚至,我还可以算是一个比较喜欢吃点面食的人。只是对于面食我并不要求制作考究,像汤包、水饺之类,就嫌太烦琐。我常常想，如果像做汤包、捏水饺那样，一大套制作程序经历下来，制作者还能保持最初的食欲吗？我喜欢的是简约易做的开水下面条。

开水下面条？面店里不会有人这么说。在面店，它有许多学名：比如盖浇面、鱼汤面、凉拌面、阳春面，等等。都是开水下面条，但出锅后的工艺不同，叫的名字便不同。我喜欢的却是阳春面。阳春面就是光面，是最简单不过的一种面食。它的最复杂的操作，是做一碗由各种佐料兑成的面汤。这地方，佐料与勾兑据说还是很考究的。从字面上看，做面汤，与做学问、做文章一样，同是一个"做"字。小时候，我所住的街边有个妇孺皆知的歇后语：陈大房下面——看人兑汤。这足见得兑面汤也大有学问。陈大房是家饺面店，以卖阳春面而闻名乡里。

阳春面如今却越来越少见。大馆子里，常见的是鸡丝面、鱼汤面，而路边小店，又只卖盖浇面。还是开水下面条，只是把先前需要做的汤换成肉丝、牛肉等的汤汁朝面上头一浇，便端出一碗碗肉丝面、牛肉面、猪肝面来。盖浇面比起阳春面，要贵出不少钱，这大约是店主不愿做阳春面的原因吧。

扬州是阳春面正宗发源地。那回陪一个山西朋友去扬州，一心想吃一回正宗的阳春面。谁知在新街老街上走了许多路，寻了许多饮食店，竟然没有一家卖阳春面的。最后还是随便买了一份大排面聊充空腹。事后想想，还真的挺失望，要吃大排面哪里不好吃？得赶到扬州来！

打开窗户,我们看到了什么

"798"的一个艺术剧场,旧时生产车间的风貌依旧,天桥航梯上、墙上,贴着"抓革命 促生产"的标语口号。敞开的舞台,台前码着一堆建筑用的红砖(后来知道它们也是必不可少的道具)。

人们可以看到许多扇破旧的玻璃窗户,大大小小,形状各异,它们被悬挂在剧场的上方,在一些光束的追逐下,随着情节的发展变化,由升降机输送它们下来、上去,再下来、再上去,似乎在起一个幕间隔断的作用。又不仅仅是幕间的隔断。生活中,玻璃窗户的作用每每是为了延展视野、拓阔可视空间。

新诗探索四十年纪念活动,在《诗探索》编辑委员会与北京朝阳区文化馆操办下,就像一首耐读的诗。

2012年12月14号早晨,北京的第一场雪刚刚停住,与会的诗人们,从住地步行到"798",是一段很短的只适合步行的距离,雪后的空气显得清冷。

这时，我们就看见一个引人注目的入场仪式：与会者从断了一根钢筋的铁栅栏门的缝隙中钻进去，许多人，包括谢冕、吴思敬这样的前辈，依次经过那条不宽裕的栅栏缝隙。起初以为只是在抄近路到达会场，我跟走在后面的张洪波开起玩笑说，这可以做一条新闻标题……

等到进了小剧场，当我们看到诗歌被生活场景化，当"打开窗户·新诗探索四十年"纪念活动被小剧场氛围舞台化，当一些富有象征性的现代话剧、现代舞剧穿插其间，我突然明白让诗歌钻过铁门栅栏抵达会场，并非无意识的自在行为。

四十年岁月，对于具体人生是一个足够长的时间刻度。在活动现场，我看到林莽兄长的头发又白了许多，不由得让人感慨万千。这个不比我年长多少的诗人，是一个组织了许多有影响力的诗歌活动的诗歌义工。

四十年前，朦胧诗"揭竿而起"，在一片批判音中杀出一条血路。四十年后的今天，渗透着功利实用的商业氛围、娱乐精神和无厘头的低俗文化，它们都在围剿诗歌。诗歌又该向哪里突围？

四十年过去。打开窗户，我们看到了什么？

谢冕与孙绍振的对话，在时间坐标轴上，刻着当年的"崛起"，如果徐敬亚也来参与对话，当年的"三个崛起"就完整了。

霍俊明与王士强对话，贴的时代标签是：骑着木马赶"现实"。诗歌被现实甩出去，对于民族，对于历史，绝不是好事。显然，光从诗歌自身去找原因还是不够的。立足于当下，需要做的事情依旧很多。

与会的纸媒主编，面对自助式网络传播的信息海洋，要重新寻找自己的定位，试图发出自己的声音，这些都绝非易事。文学诗歌要有未来，光靠闹腾不行，得有好文本做支撑……

　　追光灯下，这一幕幕被生活场景化的诗歌话题，激活人们的想象，在联想中再现许多几乎被人淡忘的东西。包括那个从栅栏缝隙中钻进去的入场式，也一下子变得极具张力，充满象征与隐喻。

　　由林莽与徐伟共同操办的"新诗探索四十年"纪念活动，如此不同凡响，令参与者留下深刻印象。尤其是徐伟的导演才能，把一个本来可能办得很寻常甚至乏味的活动，搞得像一部现代诗。

关于普希金和阿赫玛托娃

俄罗斯诗歌所谓的"黄金时代"和"白银时代",分别在19世纪初和20世纪初,时间相隔近一百年,产生了两个诗歌巨匠:普希金和阿赫玛托娃。

生于1799年的普希金是俄国浪漫主义文学的杰出代表,现实主义文学的奠基人,现代标准俄语的创始人。他对俄罗斯现实主义文学及世界文学的发展都有重要影响,高尔基称之为"一切开端的开端"。对于普希金,中国的读者并不陌生,他的许多诗歌脍炙人口,像《假如生活欺骗了你》《自由颂》这样一些名篇,许多中国读者都耳熟能详。我很小的时候读过戈宝权翻译的《普希金文集》,那是"文革"前的事,那个单本文集里收录了普希金的一些抒情诗歌和小说作品。这样一本书在"文革"时期也遭禁了,但我们那代人还是在20世纪60年代初得以阅读到普希金的作品。许多年后,回想早年接受文学启蒙的读物,那本灰黄纸质的《普希金文集》就是其一。其中《致大海》《我记得那美妙的一瞬》等抒情诗,当年我都能背得下来。

阿赫玛托娃生于1889年,11岁便开始创作诗歌,20多岁出版了3本爱情诗集震动了诗坛,被同时代人称为诗歌女皇。但就是这么一个才女,却受到了长达几十年的不公正待遇。她的长诗《安魂曲》直到她死后过了20多年才全文发表。此前由于各种原因,阿赫玛托娃的悲剧人生和她的作品,即便是喜欢俄罗斯文学的中国读者也不可能知道。到了终于可以读到她的作品时,我们这代人已经人到中年。

普希金的诗歌与阿赫玛托娃的诗歌都有抒情性很强的特征,然而,前者更浪漫、更激情澎湃,而后者则有更多凄婉的情调,这可能与他们的不同生存状态有关。

> 我和你一样承担着
> 黑色的永世别离。
> 哭泣有何益?还是把手伸给我,
> 答应我,还会来到梦里。
> 我和你,如同悲哀和悲哀相遇……
> 我和你,在人世间不会再团聚。
> 但愿子夜时分,你能够
> 穿过星群把问候向我传递。
>
> (阿赫玛托娃《梦中》,1946年2月15日)

这一年阿赫玛托娃已经58岁,生命最辉煌时段已经不再,然而,她依旧活得惨淡、凄凉。

然而，历史是公正的，20世纪末，阿赫玛托娃已经被国际文学艺术界誉为伟大的诗人。有人曾这样比喻，如果普希金是俄罗斯诗坛的太阳的话，那么，阿赫玛托娃就是俄罗斯诗坛的月亮。1989年，阿赫玛托娃诞辰100周年，联合国教科文组织特别为她命名"阿赫玛托娃年"。

今天，再来回顾这一个历史时期，诗人死了，但是，诗还活着。正如普希金在诗歌《纪念碑》中说的那样：

> 不，我不会完全死去——我的心灵将越出
> 我的骨灰，在庄严的琴上逃脱腐烂；
> 我的名字会远扬，只要在这月光下的世界
> 哪怕仅仅有一个诗人流传

在岁月的版图上
——序秀实诗集

第一次见到秀实在秦淮河边一家酒店,是 2002 年的事情。那是不是秀实第一次来南京我不知道,只知道我是从出差途中特意赶回南京跟他见面的。从见面的难易程度看,今人比古人有科技优势,彼在香港,我在南京,似乎相隔甚远,飞机一昂头,也就两三小时的事情。今人见得容易亦未必能常见,见面了也不会安排特别多的时间。古人见面则不同,车轿舟楫,一路行走过来,得多少时日?见面不容易哪!古人见面难,待在一起的时间也就比较长,总不能几十天路程行走下来,见了面,喝一通茶或一壶酒,转过身就又骑驴跨马,踏上归途。我和秀实,几年前在南京秦淮河好像是喝茶。这回在深圳,他下班后从香港出发,过罗湖,大约晚上 5 点多来到我住的酒店,然后在国贸大厦顶楼旋转餐厅喝掉一瓶啤酒。几年光景,我和秀实也就是见个面,喝杯茶,喝瓶酒,看来今人虽有现代交通之便利,未必有古人的那份闲适与从容。

在岁月的版图上，我和秀实，似乎并没有为对方准备更多的时间。我们的时间都花到哪里去了？写诗是一份，编诗是另一份。应当说，我和秀实，不仅年龄相仿，许多方面都有些近似。比如我们都写诗，又都在做编诗的工作。如果说有差异，是秀实编诗比起我更多出于个人喜好，更多带有业余性质，而在我，编诗则首先是一份工作，是饭碗。香港那块土地，你怎么评价它是一回事，在它那里文学出版从来就不是官家的事情，民间，民办，是香港的文学基本生态。写诗，编诗，再加上必需的社会职业，秀实还能有时间经常为诗歌活动在全国各地走动，足见他对诗歌的热爱。

"在岁月的版图上"是秀实的一句诗。当我看到这句诗时，就打定主意用它来做文章的标题。这句诗很朴实，换在年轻的时候我也许不会特别看重它，今天就不一样。过了50岁，一想起岁月的版图，沧桑感顿时涌了上来，这情绪年轻时不会有的。

> 一月紫色的花儿开到窗棂上
> 月色下一群老鼠啃啮着我的诗稿
>
> 二月缺水的稻田上
> 半截蚯蚓在呼喊着
>
> 三月我从彩色堡垒前走过

太阳掉落了它童话的羽毛

四月我走进彩色堡垒中
却躺在一个干涸的梦里枯瘦

五月朋友携春带病离去
留下一个空洞的盒子

六月七月仍未有雨水
雨水的痕迹残留在冬日的伞上

八月我放弃原来的信仰
加入一个祈雨的教派

九月蜷伏在一块芭蕉叶下
模仿雨伞节蛇来延续我的生命

十月海上飘来一团黑云
你们和我都误认是下雨的先兆

十一月大海干涸
海床里埋藏着彩虹的尸体

这个荒年里连种籽都不能坚持

> 一种宿世的安排令我在冬日枯萎
>
> ——《荒年》

这首诗写的是一年的光景，其实未尝不可以看作是一生的光景。这是荒芜的一年，未尝不可以看作是荒芜的一生。岁月的版图上都有些什么？诗人的自知与读诗人的感知，有时会不一样。然而，《荒年》中有一种东西，引起我强烈共鸣。不仅是诗中有一些令我心仪的句子，更主要是一种情绪，它们打动了我。人生总会在某个阶段突然发觉某种虚妄，这感觉未必吻合现实，可它却会在生命的某个阶段到来，蓦然回首那样。是不是，生命那样有限！庄子曰：吾生也有涯，而知也无涯，以有涯随无涯，殆已。这是不是很有点泄气？从庄子开始，许多人泄气过，我们也不例外，或者说，上了把年纪的人想法会与他年轻时不一样。五十而知天命。都这么说，其实知天命的"知"是一个坎，得给自己一段时间来跨越。我和秀实都过50岁了。我在秀实的诗中体味到自己的人生。从这层意义上，我甚至想，这本诗集的名字，用《荒年》或许更好，当然，我这样去想只是因为更契合我自己的感受。诗作中传递出来且打动别人的东西，未必是诗人自己的初衷。或许是我的颓唐误读了秀实的诗罢。人到了60岁又会怎么样？或者说在60岁的人的眼睛里都有些什么风景？这不好说，什么年龄有什么人生况味，凭空想它不出。不过，应该不会还似今天这样吧。

秀实的诗并不颓唐。

> 星火慢慢地燃着如黑暗中的夏虫慢慢耗掉余生
> 我用力地呼吸时，生命是如此光亮
>
> ——《灰烬》

生命是如此光亮，是秀实的诗意的一个指向。这指向使得他的诗在叹息"夏虫慢慢耗掉余生"的同时，不忘"用力地呼吸"生命的亮色。这是写诗人与读诗人的差别，抑或是我比他年龄稍长的缘故吧。

秀实擅写爱情诗。自古诗人多风流，爱情从来是诗歌创作题材中的一大母题。在我针对秀实的有限的阅读视野，秀实的许多爱情诗写得别有情致，不以凄婉悱恻动人，常有对生命本能、对欲念的冷峻拷问。下面是曾在网络广为传播并引起关注的《昭阳殿记事》：

> 离开了所有的言说我遁逃到另一个城市
> 阳光逐渐隐没黑夜降临前我赶抵新昭阳殿
> 城陷前人们疯狂地歌舞忘情地嘶叫
> 在声色的包围中我如一条刚蜕皮的蛇
> 没有斑纹柔软得没有了记忆和感觉
> 曾经忧虑着的使命牵挂着的理念都
> 将在改朝换代的战事中散迭
> 此刻喝着的酒仍旧散发着盛世时的醇香
> 在陌生眼眸的流动中寻找熟稔如旧的情缘
> 从此没有所谓聚散也没有所谓伤心

> 如浮尘子般仅守候这一个夜晚的永恒
> 潮热的空间内我和潮热的肢体相拥着
> 躁动过后生命踩着一路昏灯寻找宁静的归歌
> 恒常不变的星子仍缀挂在漆黑的夜空
> 而轮回是一只早来的春燕酣睡在初冬的床头
> 把亢奋的情绪抑压在俯伏着的躯体内
> 一切都平静了覆亡如一头光滑的野猫压在我的身上
> 醒来时窗外是转换了的朝代,我已没有了故土
> 起动的心搏仅仅是一个年号,象征我的利欲

在这些"情诗"中,爱的激情似已退潮而心犹不甘。爱已退隐,关于爱的许多内容,包括对爱的追忆与反省,甚至困扰与思辨,走到了前面。在《情人节》组诗中我们还可以读到这样一些词句:"废墟""哑口无言""漆黑的梦土"(《情人节·Ⅰ》);"来生的你""今生的记忆""这个城市正逐渐地冷却""墨蓝的星空在哆嗦着情话"(《情人节·Ⅱ》);"书写有关你的散佚了的历史""灯火黯淡""我们相遇在柒拾陆页和柒拾柒页""两只乌鸦思索着如何相爱"(《情人节·Ⅲ》);"时晴时阴的天空"(《情人节·Ⅳ》)。秀实说:"随着生命的领悟与积淀,近年我只是借情诗来透析生命的存在……只是因着一种激动而对生命产生质疑与感慨。"这应当也是"在岁月的版图上"某一人生阶段的彻悟,以及对生命虚妄的感伤吧。

在技法上,秀实的诗虽是汉诗,却有诸多"西画"痕迹。西画与国画不同。国画讲究留白,国画里的水与天,常常不着

墨，是读画人在山与帆影的留白中读出来的。西画则不同，画布的每一平方厘米都涂上颜料，水用颜料绘出，天也一样。西画里颜料多，色彩满，有视觉冲击力。西画是用画面征服读者的画，国画则是读者玩味画面的画。从接受美学角度，西画是被动接受成分大于主动，而中国画则是主动接受成分大于被动。秀实的诗正是这样一种颜料众多、纷繁，给人视觉冲击的诗，请看：

总有一些星光在熟睡的枕上如晶莹剔透的泪珠缓缓流泻

那时是有了无边牵挂而我忘却了城市里所有的渴求

原野已静寂只有时间的倒影在我赤裸的身躯上攀爬过

死亡静伏在世界的屋顶上任脚下的灯火似末世的爱情蔓延不止

——《在寒冷中睡着了》

秀实的诗中有一种华丽的东西，那是我够不到的。我总觉得写诗人各有天分，强求不得，如秀实这样华丽的、繁复的诗美，在我的诗中几乎看不到。也许与生存处境有关。香港被英国强行租借实行殖民统治百年之久，其文化环境已接近西方或直接就已经西方化了，回归以来，实行一国两制，文化环境与生态与前并无实质性变化。西方与东方，价值取值标准不同，思维方式与行为方式迥异。香港是一个特殊地带，香港人作为东方人生活在西方环境里，这就注定了他们既不同于西方人也不同于内地生活的东方人。秀实的诗,带有明显的这样的特征。随着网络科技与跨国经济的快速发展,全球化进程像不断提速的特快列车,内地人的价值观念、思维方式和行为方式,已经发生前所未有的变化。这些变化将会给文学、给诗歌带来什么样的变化呢?现在还不好说。不过,有一点是确定的,不管发生什么变化,不管西方的东方的文化环境与生态,生命的体验却是共通的。岁月的版图上,绘出的内容可能不一样,对这些内容的况味与感慨却是相通的。

蒙秀实兄抬举,嘱为新诗集《昭阳殿记事》序,故不揣粗陋,发些议论,草成此文于秦淮河西碧树园。

倒退的魅力
——序黄劲松《偶然的时光》

这里的倒退可以加上一个引号,我没有加。理由很简单,加了引号就不是倒退,而是以退为进了。诗人说:"相对于前进,倒退是另一种前进。"另一种前进与以退为进的进,不在同一方向,所以,也许还是不加引号更适当。

"昨天晚上,当我从酒席到……/ 再回到一首诗里,我明显感觉到 / 倒退的魅力。"如果把"从酒席到……"换成"从宫廷侍宴到醉卧的散舟",我会因此想到李白。当然,李白只会扳倒酒瓮猛喝酒,他一定不觉得倒退有什么魅力。酒醒的时候,李白常常会失落,有挫败感,他从来不认为退回来写诗,是另一种前进。诗在李白那里,与酒为伍,常被用来浇胸中的块垒。从这层意义上,李白的《蜀道难》写的岂止是蜀道,"难于上青天"的路,是通向诗人高蹈而不确定的理想之境,尽管他也许也并不清楚这种理想是什么,或者意味着什么。

诗人生活在时间之中，也大都死于时间之中，只有极少的诗人活在了时间之外。能够活在时间之外的诗人，凤毛麟角的少。李白就是这么一个活在时间之外的诗人。时间之中的诗人与时间之外的诗人，不是人力可以做选择的，不仅是自己无法选择，别人也不能代替他去选择，多得不能再多的因素，构成他的宿命、他的未来。所以，在现世对诗人做有效的价值判断，也是一件困难的事情。佩索阿（葡萄牙作家、诗人）索性说：诗人只能在死后才能诞生。时间之中的诗人，首先是由各种欲望编织起来的人。在李白所处的时代，"学而优则仕"体现了所有读书人的价值追求，"文章千古事"不错，却是"货与帝王家"才被认为有价值。李白觉得自己满腹经纶不能去治国平天下，实在是"天生我材"却用得不在地方。时间之中的李白，整天喝酒吟诗，喝酒纯为麻醉自己，吟诗难免发点牢骚。时间之外的诗人，生命已经终结，他的那些用心或不用心去写、无用或不无用的诗，竟"无心插柳柳成荫"，成了大气候。

其实，我们大可以把文学、诗歌本身，也视作一种倒退。相对于世俗的价值标准，诗文似乎只是繁华生活的补缀，或是身退林下的余事。文能安邦，武能定国，丈夫之志也。这安邦之"文"，大约不是诗文，应归于"世事洞明，人情练达"范畴。当今时代，价值取向与古代不同了。不过，日益加速的科技进步与经济发展，客观上强调了物质化倾向，一时间，功利与实用几成主义，锁定人类的想象。"是什么让我沉到大街这趟浑水之中？/人流从一个商场涌出，又向另一个商场前进"，"大街上熙熙攘攘"的人群，这"浑水"，多像当今纷扰的众生相：忙忙碌碌，蝇营狗苟。"是啊，慢已经不可能，什么都太快了。"

可文学总是一种慢。相对于高速发展的现代科技、快速增长的经济总量，文学或诗的运行方向，以及它所持有的动作形态，都可以说是一种"反向"的运动。"回到一首诗"的"回"，恰恰说明了这一方向性。"当金钱占据了／每一个人的眼睛和脚跟，当一个时代过于亢进／那么慢就成为另一根必须弹响的弦。"

始终存在着两条路："散步是一段无法把握的距离，身在此处，／心在别处，一条路在脚下延伸／而另一条路在内心延伸。"哪条路是"前进"，哪条路是"倒退"？不"倒退"行不行？不"倒退"还有没有诗？我不敢下结论。有一点是确凿的：与李白生活的时代相比，今天的诗与诗人，不单是在世俗价值取向中被忽略，而且到了被彻底边缘化的地步。诗与诗人"隐藏在人群之中，像一部机器上／多余的零件"。幸好，历史的眼光总与世俗的眼光不同，或者说二者的视距不在同一个焦点。古往今来，那些在现世中"进取"的达官贵人、巨富财阀，纷纷化作了尘土，且尘埃落定，倒是那些不管是主动还是被动"倒退"回来的诗和诗人，却有可能在一代代人的传播中，被放大，甚至成为一个时代的历史标签，比如唐诗宋词元曲。

在历史与世俗两种不同目光的注视下，"前进"还是"倒退"？这就像哈姆莱特面对夜空所发出的那个经典的提问，它也在拷问我们的时代，拷问我们自己。然而，仅仅是因为诗，诗人也会想到后退，"我常常想在某一段时间消失／我常常想把自己放逐到／古代的某一个春天"，虽然古代的春天未必比今天的春天更宜人，可诗的生态，在一个以诗文作为重要的生存价值的判断标准的年代总比在一个物欲横流、拜金盛行的时代,处境应当好出许多吧。于是,诗人开始了"一个人的逃亡/无人驻足的小径野草疯长"。

在《偶然的时光》中,我们还能看到另一种"倒退"。这里有许多诗,是诗人的旧作,有一些似乎也没有为诗人自己所看重,写好了,搁在那里。而另一些被诗人看重的诗,隔三岔五被诗人拿出来,于是发表了,得奖了,被诗界肯定了。这本诗集里有一些诗,诗人大约从未拿出来,或者说把它们放在笔记本电脑的存储器内,一直放着,等,等着哪天,自己的诗歌美学趣味"倒退"回来。这些诗,得以重见天日,于是,就辑成这样一本诗集。

下面这首诗写于2004年12月:

> ……此时,我把目光
> 停留在这个城市最高的屋尖上,
> 大雁早已经过去,而燕子还未到来,
> 一朵云彩在眼中飘逝,一年就这样终结了。
> 我还要准备明天的早餐。

在我的印象里,这样放松随意、略带点发散的笔调,似乎不属于黄劲松,或者说不属于"前进"中的黄劲松。"前进"中的黄劲松,他的笔调似乎更严谨,抑或有点拘于严谨。我跟黄劲松认识已经很多年,可读他的这本诗集时,时间也好像倒退回去,回到我跟他未认识前,他的诗让我产生一种错觉,这是一个我从不认识的诗人。那个我认识的黄劲松，他的诗曾给我这样一个印象：指向相对明晰，有时还会有那么点讲理的劲。或者可以这么说，他的诗总体上是那种"讲理"的诗，如今开始有了那么点"不讲理"。还有，我所熟悉的诗人思维缜密，言行条理清楚，从不给人芜乱的印象，而《偶然的时光》似乎更多了"偶然"，略略有些杂沓。如果说指向明晰作为一种美学特征，在诗人过去的诗作中，不时会显现出来，这本诗集里的某些诗，则有了诸多不明晰的移位。不明晰不是晦涩，而且从写作日期来看，这种不明晰与过去的那种明晰，在诗人的写作中是共存的，只不过由于他在过去的某些时刻，更看重那些指向相对明晰的诗，所以让它们发表，而这本诗集的一些诗，没有被诗人拿出，也许，当时的诗人对它们美学上的把握也不是那么确定吧。那么，相对于原来的指向明晰以及自己把握上的不那么确定，今天的指向的不明晰以及自己勇于把这些"偶然"的时光一一拿出，也不妨视作另一种意义上的"倒退"。

　　单纯从诗学意义上，我并不认为这本诗集所选的诗，就一定比诗人前面几本诗集选得更好，不过，这本诗集体现了诗人的某些方面的拓阔，尽管，河道拓阔之际，人们在看到水流不再涓细的同时，也会看到新凿河床被大水冲击而呈现的泥沙俱下的迹象。显然，对于求新求变的诗人而言，这一迹象也是深有意味的。

　　假如我们把人放到宇宙中，脱离地球的引力，这时候，凭什么坐标来确定上下左右？谁又能说朝着哪个方向是进、朝着哪个方向是退？所以，"倒退是另一种前进"可谓是一种有意味的想法，也体现出一种智慧。事实上，这智慧已被历史一次次证明。

把时间慢下来
——序夏杰诗集

夏杰诗集序,本不该由我来写。诗歌版图上昆山可不是县级市,这里,有着诗歌生长的上佳气候条件。昆山有许多不错的诗人,由老铁、劲松他们来写夏杰,应当比我更合适。让我给夏杰写序的事偏偏又是老铁打电话来落实,一次两次。而这种事不能一推再推,只好应下来。可近期事情实在太多,不得已拖至今日。

夏杰是昆山张浦镇的"专业诗人"。尽管他所处环境并无这一职业,他的社会身份也并非如此,可他确实是因为写诗才有了这一份工作,这份工作与他写诗的关系紧密,以至于见过他工作环境的人,都以为他所从事的职业就是写诗。也正因为此,当我看到《把时间慢下来》这首诗,我首先想到的是夏杰所处的文化环境,以及他的生活处境。文学,究其本质是一种慢。让时间慢下来,是最适宜文学的生态。显然,夏杰所处的文化环境与创作条件，并非各地都有，说到底还是与昆山市与张浦镇重视文化建设分不开。

因为总想着"把时间慢下来"，一些与当下匆匆忙忙、功利实用的世态不合时宜的想法与情绪，便在夏杰那里来来往往。他有时想着《该如何表达对稻草的敬仰》，有时又在体会《草木苍老》的感觉，或正在《矫正对一棵草的态度》。不管主观愿望与客观效果的契合程度如何，读到这样一些诗篇，会给人带来一种静气。而这种静气恰恰是现实生活所匮乏的内容。

下面这首《一口锅的旧时光》：

铁锅倒扣场院角落，等待一声叫卖
容颜苍老，一个窟窿在诉说
寂寞与忧伤，不是当年炊烟袅袅时
直冲云霄的晚唱

谁都想拒绝这样的宁静
长眠在里面的香气，是一种独立的醒
我能听见温柔的低音在返回
时代特征只能从窟窿里沿着细小的光柱
攀爬，空气越来越稀薄
只留下喘息，追逐纷杂的思绪

时光就此缓慢，显得单薄而陈旧
母亲忙碌的身影，折射进记忆的春天

> 我呆望着铁锅贴紧地面的样子
> 似乎看到了她年轻时的一部分

诗书写的情绪与已经不再有的柴灶、铁锅相关。很显然这些生活内容如今已经被改变，被改变的还包含"母亲忙碌的身影，折射进记忆的春天"，而"我呆望着铁锅紧贴地面的样子/似乎看到了她年轻时的一部分"。留下的只有记忆。"一口锅的旧时光"是诗的标题，旧时光显然不只属于一口锅，旧时光一去不返，对旧时光的缅怀因此打动了读诗的人。

诗人纠结的是"谁都想拒绝这样的宁静"，却恁谁也拒绝不了。

这就如同诗人想"把时间慢下来"，而时间的运行速度向不以人的意志为转移，这里说的还是衡定值，如果以当下纷繁、匆促的生活节奏作为参照坐标，时间的相对运行速度还会更快。也只有在这样的情境下，体味出生于1970年后的夏杰为什么总会想到《草木苍老》这样的话题：

> 我看见一枚夕阳，在屋顶熟透
> 几声鸟鸣，从暮色里修辞
> 它们试图告诉我，今夜有一万个理由
> 给月亮写一首冷抒情的诗
> 草木苍老，正好可以保留一段
> 青春的无言，这是多么好的习惯
> 而我也在苍老，用雪光

照亮来路，而雪
　　似乎倚靠在我肩头，不说任何话。

时间的运行节奏确实不快。类似的情绪还有下面这首《垂钓》：

　　垂钓着惬意，把心放在河面
　　沉下一点或漂浮，都有视线相连

　　……我安坐着，沉浮之间
　　随时光倒流，秋风无意将心情带走
　　那姿势，就是在提着一盏灯笼
　　为幽暗的长廊解除怅然……

　　河水悠悠，我心依旧
　　钓起几片诗句，独自下酒

在引用了一些夏杰的诗章后，突然发现我引用的诗，都是在用一种向后看的姿态（且是以一个小我的姿态）记叙我们的生活。

那么，当下生活呢，除了这些情绪之外，生活还应当有一些别的可以感动诗人的内容。毫无疑问，诗人也意识到了这一点，在诗集中我们还看到一些写当下生活的诗，比如写矿工的诗《矿工是书法高手》《黑石之上，桃花盛开》，再比如《南湖橹声》

《种植信念》等写革命历史题材的诗篇。只是，从效果上来看，这一类关注生活的诗似乎不理想。

比如这首：

> 在桃园，每口井
> 只是一瓶墨汁，矿工们都是书法高手
> 把热爱与责任敲成印章
> 装裱在女人、亲人、朋友心里
> 永久保值
>
> ——《矿工是书法高手》

从诗中，人们可以读出一些大而无当的情感与略带做作的抒怀。当然，这并不是夏杰一个人遇到的问题。事实上，自从不再提"文学为什么服务"，客观上也就不存在诗或文学必须介入当下生活的强行要求。只是作为读者，有时也可能会从写作发生的角度想一想，这一想，他就会诘问：我们的生活难道就只有那些内容吗？因此诗文体写作该怎样介入生活、表现生活，总是诗人不得不思考的一个问题，且在他的诗写作中有所表现。

只是，诗文体写作如何介入当下生活，是一个大命题。许多时候，很难去做，也往往做不好。然而，正如生活中常常遇到的那样，难做的事情或不容易做好的事，我们就只能绕过去吗？

借给夏杰诗集写几句话的机会，也顺便提出这个带共性的问题，容我们一起来思考，一起来努力。

涂抹纸做的天空
——序张厚清诗集

厚清喜欢坐在后窗。这时候，白昼的喧嚣渐渐远去，灯红酒绿的都市并没有静下来，霓虹灯依旧闪烁着形形色色的欲念。这丝毫不影响厚清坐在后窗，沉静地面对眼前一片虚空。厚清喜欢安静，虽然现实世界提供给他一个不乏嚣杂的生存处境。对厚清来说有两个世界：一个是真实的世界，一个是虚拟的世界。真实的世界是我们共有的世界，每个人都生于其间，现实性、物质性、时尚性充斥其中。虚拟的世界则是想象的产物。想象虽是人的普遍的精神活动，并不是所有人都会沉溺于想象中，也就是说，想象，在更多的眼睛里只是迹近于虚无的东西。在厚清这里就不一样。厚清是一个诗人，在一个真正的诗人的眼里，真实的世界有时并不真实，虚拟的世界却并不总是虚无。在诗人眼里，想象的世界，有时是一种更逼近真实的存在。纸做的天空，一样有蓝天白云，一样有日月星光。

厚清总在"涂抹纸做的天空","费尽思量"试图画出"鸟的声音"。诗人是一些异想天开的人。诗人在现实世界里也许会不那么如意,从古至今,从李白、杜甫到现、当代的诗人。想象的世界与现实的世界之间,有一个不能逾越的沟壑。正如精神现象与物质现象,不能在同一个层面上重叠。那么"涂抹纸做的天空"的作用何在?厚清在他的后窗想必不止一次想过吧,也许只是一种挣脱的愿望,挣脱物欲膨胀的世界的引力,站在精神的高地鸟瞰。人生短暂,孰是孰非?虽不能说诗的境界高于其他,精神比肉体更能超越时间的局限,总是一个基本的道理。

诗人的眼睛有一种穿透力,可以穿透生活的表象,进入另一层面:"透过枝丫,可以看到/日月、天空和鸟窝//我们甚至看到/暮色吞没阴凉下的小路/看到清晨的叶片/滚动小小的露珠……"(《树》)是的,看到了又能怎么样呢?生活依旧停留在"枝丫"的层面,人可以想象生活的美好,却不能改变生活本身。然而,由于这样一种灵视,诗人的世界变得异常丰富多彩,他会看到常人看不到的景物:

  山的一道伤口
  不肯闭合
  想要说些什么

  两半凹凸齿纹
  咫尺相对
  还保存当初的吻痕

>   风雪，够不到
>   它的深底
>   空中飘动时间的花朵
>   ……
>
>   ——《大裂谷》

在山谷面前，诗人看到伤口、吻痕，无处承兑的契约，欲说无从说，时间像败落的花朵，一片片在空气中飘动，凄美且无奈。厚清的许多诗都写得很凄美："已经很晚了 / 你默默地走向人群 // 高耸的发髻 / 蜷曲冬眠的情感 // 一根月色的发簪 / 别致地穿刺着 // 疼痛，在黑夜里扩散 / 没有人发觉。"（《发髻》）"你"是谁？除了性别通过"高耸的发髻"来辨识，年龄、相貌及其与诗人之间可能有的故事，一切，都被留白，却有许多隐痛在沉默中潜行。

诗是含蓄的艺术，含蓄不是阻隔，而是蕴含张力的引而不发。在一些直白的所谓的大诗面前，这样的小诗非但不小，还衬映出"大诗"的苍白。另一方面，当今诗坛还流行一些晦涩的"现代"诗，难读费解是它们的通病，厚清的诗拒绝直白与晦涩，他追求隽永而又明晰。

>   黑漆漆的地方
>   隐约漏出一点红色

森林中的迷路人
发现一盏灯

冬天的小木屋里
一句暖人的话

谁的烟头
在夜风中一闪

火星星一直在燃烧
那一大堆黑色是什么燃料呢

——《题画》

  诗人没有告诉我们这是一幅什么画,在诗中我能感觉到那是一幅黑底色的画,画面上有稀疏灯火或星光,仿佛在暗夜,在遮天蔽日的大森林,有一个烟头或者一盏灯,"冬天的小木屋里／一句暖人的话",从视觉转到听觉,通感的运用在这里一点也不生硬,自然,却又捉住读者,有强烈的艺术感染力。不仅如此,把大片大片的黑底色,看作是"一大堆燃料",又蕴含着一种哲思。一幅无题的画,在诗人笔下,竟然如此生动多姿。在厚清的诗中,很有一些哲理的思考,这也可以看作是他的特色之一,虽然,过浓的哲理和理性有时会减弱情感的力量,恰到好处的点睛有时也能增添厚重。这里有一个分寸问题,为了这个分寸,厚清一遍遍打磨他的诗稿。

厚清的改诗过程，其艰辛不能不令人叹服。他一遍遍地看，一遍遍改，古人的"吟安一个字，捻断数茎髭"，也不过如此吧。一本不厚的书稿被他改了又改，最近看到的一稿，封面上印有"第十二稿"的字样。这样的做法，也许有人不认同，甚至有些诗人认为诗是不能改的。我虽然也认为好诗并不都是改出来的，可我理解厚清的努力。眼下，他正处于一个全新突破期——从诗观到诗写作。事实上，对他过去诗作的肯定与否，已经不重要，因为，他比所有人都更了解自己的此长彼短，这很了不起。一个写诗的人，如果没有这点自知之明，想把诗写好了谈何容易！可是，观念走在自己写作的前面，对于写作者来说，从来就意味着一种煎熬。闯得过去与闯不过去，在于天分也在于努力。从这层意义上，在这样一个特别的时期，厚清如此为诗憔悴，其实是非常有道理的。

　　2006年，厚清与他创作上一个最重要的时期相遇了。这一时期，将对他以后的诗创作产生全面影响。也许他自己意识到了，也许没有。不过，功夫不负有心人，这句话从来就不是白说的。

　　厚清这本改了十二稿的诗集，我差不多一稿稿都看下来。"我们看到的树/迎风而动/我们看到的树/根本没动"（《树》），这是厚清的几句诗。看着厚清经过一遍遍修改的诗，我看到了他的"动"与"不动"，作为一个有追求的诗人，诗艺永无止境，在这些修改稿中，我看到他在音步、句式、文字上的用心，以及在理性与感性方面的调整与转体，我看到许多好的变化；另一方面，在该坚持的地方，他不人云亦云，步履越走越坚定，这是一个诗人走向成熟的标志。

2008 岁末杂记

让国人期待的 2008 年 8 月 8 日北京奥运会，经历了很长时间的倒计时，近了，到了，又远了。一切成为过去。成为过去的，还有发生在年初的大雪灾、发生在五月的汶川大地震。当下全球闹得凶的是金融危机，金融危机也将成为过去。这些都是 2008 年的背景色。就像荧屏上背景的色调会影响画面，芸芸众生虽还是按部就班地生活，做一些有价值或无价值的事，有一份快乐或不快乐的心情，可还是或多或少受到影响。

年初，编辑于 2007 年年底的一本诗集《背对时间》终于印出来。诗集作品写于 2005—2007 年——三年写了一本不薄的诗集，拿在手上是一件令人快慰的事。三年时间像流水稍纵即逝地流走，是诗把"流水"装订成册，让人由前至后或从后往前信手翻阅，仅从这一点，写诗是一件多么幸福的事情！我记得这幸福并没有被当时的大雪所淹没。接下来，2008 年 3 月出版的《诗探索》（作品卷）在"诗坛峰会"栏目集中刊出我的诗作 36 首以及创作年表等资料,再加上2008年第2期《星星》诗刊"双子星座"栏目做了我一个专题,一时有了点儿春风得意的感觉。3月去山东出差,雨天坐在宾馆窗前,马路对面有一座青绿山峰,一个未曾谋面的朋友来看我,心里很感动,不知怎么竟想起胡兰成的那句"岁月静好"。"静好"原是《诗经》里的老词。以静搭配好,来修饰岁月,遣词有妙趣,有一种特别的韵味。其实静与好有点儿犯冲,大凡想着好的人,多静不下来,而一旦有人真能静下来,在一个喧嚣的时代,这个人大概也好不到哪里去。年初那会儿,距离8月还远,不时想着得把手边事情归拢归拢,抓点儿紧,好把8月以后的时间腾出来收看奥运会节目,且为作家出版社的《奥运诗典》写下关于第28届奥运会的组诗《重回雅典》——该书邀请一些诗人从第1届奥运会写到第29届奥运会。

  5月的汶川大地震,让一切都改变了。得知地震消息时,人在旅途,当时并没有意识到灾情会那么重,更没有把它跟1976年的唐山大地震联系起来。等车到了站,接触到媒体信息,我才急急忙忙给灾区范围内的朋友打电话、发短信,算是开始与灾区发生了种种联系,这联系还包含地震次日写下的《母亲节》《再生之日》两首诗,再后来是参与单位和周边一些媒体的赈灾活动。起初,注意力集中在废墟下面的幸存者,天天守着电视看,巴望时间走得慢一点儿,而救援工作进展能够尽量快一点儿——这当然不现实,让人心情很躁乱。到后来,一切已成定局,挽不回的终究无法挽回……

  有一种感觉很特别,持续的时间也很长,就像人被装进太空舱,一下子失去重力——生活中许多内容,得也如斯,失也如斯。我也不明白到底是衡器出了问题，还是砝码出了问题。2008年第6期的《诗刊》与《诗歌月刊》各刊出6首诗，8月的《诗选刊》还选了9首，6月出版的《文学自由谈》刊出1篇议论传媒时代的文章。如果把写作看成是耕耘，作品相对集中在某一时段刊出，也算是一种收获的景观，可自己却找不回先前的感觉。甚至有一阵，我关起门来在家里读书，对自己的心理健康突然不那么自信了。

生命无常。自然的力量太强大，而无法预测以及难以抗拒的自然力量的打击，让人对宿命有了某种敬畏。2008年下半年应《江南》之邀为储福金的长篇小说《黑白》写了一个5000多字的书评，名为《一定有一枚棋子不能被移动》——虽是写小说中有关宿命、人性的话题，却也与其时的心境相关；为黄劲松诗集《偶然的时光》写了一篇《倒退的魅力》的书评；还应邀为《诗刊》《星星》诗刊写了诗评《有一块钢正在赶路》《在硬座车厢的诗人们》。这些文字虽与他人的作品相关，却无一不投映个人彼时的心境。

10月去了一趟柬埔寨。同行的有苏童、叶兆言、黄蓓佳、周梅森等人。

年底前，去扬州文化局挂职体验生活。扬州市辖下的里下河农村是我早年插队的地方——之后的一两年，我可以重回里下河地区走一走，或者选择在那里住下来，生活一段时间。里下河是一片凹地，某些区域的地面高程甚至低于海平面。由于地理上的原因，里下河的水是不流向大海的——水不能往高处流。在这片凹地，我曾生活了整整十年——从15岁到25岁。人向高处走，也是一个永恒的主题。凹地,是总也走不出的凹地,然而,人总也在走。而"走出"的欲念,又使人永远地与"凹"为伍。因为,向前向上每一步的跨出,会给人一种感觉——那已经踩实的一步仍在低凹处,除非你就此停下。

新的一年里,我将回到过去生活过的凹地,却已经不再抱有强烈的"走出凹地"的冲动,我只想在那里好好体会一下生命,读一些书,思考一些问题——当然,也不排除写一写我重新认知的"凹地"。

建筑与诗意
——南京老城南民国建筑观瞻与座谈

当我们面对一个话题,语言环境很重要。同样一个题目,比如"建筑与诗意",当我们在一个民国建筑内,在一个民间非营利企业策划下讨论它,与我们在某一设计院或政府某个大厅、某会议室讨论它,其切入角度甚或实际效果,可能都不一样,何况,我们不能忽视更大的环境——社会环境——对建筑与诗意影响非常大。

在一座民国建筑中,我们或许首先会想到当时的社会环境,现在我们看到的民国建筑当年是怎么形成?都是有居住、使用需求的人,掏自己的钱建自己的房,比如我们现在坐的这座建筑,原来是一家纸行。民国建筑群不可能像今天的建筑有政府规划。事实上,民国建筑与历史上所有的建筑,都是基于自发需求的建筑。这样的建筑大概可以分成两类:一类使用价值大于审美价值,因为普通百姓也得有一个屋檐遮风雨,他得生存,所以他就去考虑性价比高的材料与建筑手段，把房子搭建起来，住在里面；另一些人是有钱人，或有钱兼有权的人，还有一些有钱有权兼有文化品位、有审美追求的人，那么他们就可能造出一个像我们今天早上去看过的愚园这样的园林，或现在坐着的纸行这样的建筑。

江浙一带自古富庶，有很多私家园林，像苏州拙政园、同里退思园等，都是私人修建的私家园林，都不是政府行为，也没有谁去想什么形象工程。个人需求其实也包含了两个层面，一个实用范畴，一个高于实用的范畴——严格意义上，审美趣味缘于实用高于实用。今天我们用来开会的这座民国建筑已经有一百年历史。在这里，我们不仅能感受到原来民国建筑是这样一种构造，还可以在这种构造中感受到创作者的意图及其诗意追求。

民国时期建筑风格等总体上是一种民间行为，建筑的审美趣味与诗意追求，都是私人行为，但建筑的美，作为一种客观的存在，它会留下来，今天依旧给我们美的享受。这也就是说，任何一个建筑方面的创造，除了它的使用功能外，它还是一个审美对象，就像我们面对的这个民国建筑，离我们已经近一百年，今天我们在这里依旧感受到这个环境挺好，在这个环境里讨论今天的话题也很匹配。

回头来说说今天老城区改造话题。我们今天经过的地方，墙上用红笔标出"征收"的字样，过去通常只标一个"拆"字，都一样，这都是进了红线的，政府将会把红线内的建筑物都拆掉。尽管，拆掉它再把它修成一个复古的建筑，过了五百年，也能说它是个古董。但是从当代人来说，我们心有不甘，把一些具有历史性的实物拆掉，再建一些伪历史的实物，就像你把北京的四合院拆掉了，再在另外的地方修一些仿四合院。新建"古董"的年龄毕竟很短。从这一角度，去想审美对象和审美需求之间的距离，审美价值的体现，有时需要审美对象的美学价值能穿越时间。不仅仅限于建筑艺术，所有艺术审美其实都得经历时间的过滤。文学创作也一样。这也正是我们为何常说，创作要注意远离时尚，因为时尚总是当下性大于历时性，时尚往往是缺乏生命力的东西。我们要让我们所创造的审美对象，穿越时间，让后人也能欣赏，比如说过了一百年两百年，它的美学趣味，活在这世界上的人依旧能认同。今天我们看到的观筑研究所的建筑，恰好证明了这一观点。

在一次讨论会上，我曾做过一个跨文体的比较：三十多年的小说和诗歌创作。20世纪80年代成名的优秀小说家，比如史铁生、贾平凹、韩少功、莫言或余华、苏童等，今天我们去看他们的处女作，看他们当年的成名作、代表作。比如看莫言的《透明的红萝卜》，与他今天的作品相比，仍在同一等高线——也就是说，时间过去近四十年，作品依旧活着，也没有给人那是四十年前作品的印象。但如果看四十年前的诗歌，看一看当时的主流诗歌，会发现经历四十年时间，当年的许多诗歌作品今天已经基本不能看。这只是我在讨论建筑美学时的一种联想，建筑物使用寿命总是要经历一些时间的，这首先由使用功能所决定。时间的逝去，意味许多生命将消亡，将会有许多新生命来到这个世界。建筑的诗意表现及其审美价值，不得不经过时间的考验，为后人认同得以传承。现在我们看民国时期的房子才一百年，到欧洲一看，人家几百年前的房子，依旧在使用，依旧具有审美价值，并作为坐标，记载着历史的诸多变迁和建筑美学上的变化。今天，我们的许多城市，建了许多高楼大厦，很多看上去是一些仅有使用功能的水泥盒子，其实它已没有美，只有实用。

我始终觉得我们的社会虽然搞了几十年改革，但很多建筑资源依旧援用计划经济模式来配置，人的审美需求被淡化，何况许多地方建筑物的实用性尚不能充分保障，又怎能顾及审美？从这层意义上，"观筑"陈卫新先生做的这件事，尤其令人钦佩，他从民间角度，在城市复兴、历史建筑的修复方面，做出了他的努力，但是，也需要我们政府部门考虑如何来扶持这些社会力量。刚才看的城南老门西一些的地方，沿途走来我感慨良多，因为沿着那个胡同走来，那些个东倒西歪的电线杆，蛛网一样地编织在窄小街道上空的电线，残败的门楼，两侧破旧的居民住宅，这情形，跟四十年前我们老家差不多。从现在的城市发展，从现有的社会物质条件看，让那些原住民再住在这样的环境中真的不合适。如果没有了整体规划、拆迁这一说，没有墙壁上"征收"的红字，或许很多人家也早就去做必要的改建与修建，然而，计划经济的思维模式，决定了这里的居民根本不需要自己来改、来建，你改了建了事实上也等于零，因为一条红线，一个"拆"字或"征收"就把你所有努力全消解。这也是为什么这里居民几十年来，一直守在这破旧得几乎与几十年前别无二致的环境，等着政府来"征收"，一天又一天，一年又一年。一旦政府开始行动，征收了这里的房产又能怎样？如果把居民都搬走，把这里修成旅游街区，那这里还是南京老城南地区吗？

老城南，是老南京的核心地区，是历史上南京的主城区。南京的民风民俗以及区别于其他城市的本土文化生活习惯，基本都在老城南体现。如果这里的居民都被赶到郊外，那么南京还是那个历史意义上的南京吗？是不是我们今天的行为正形成一个谬误的结论：南京将在老城区改造进程中渐渐消失殆尽？

南京街边拾遗

评事街

小时候,什么地理常识也没有,我就知道有个南京市。我有个小舅舅在南京。南京的小舅舅常给我爸写信。我小舅舅的钢笔字写得极好,从信封的下款,我知道他居住的地方叫评事街竹竿里。我定居南京后,小舅舅已故世,他的后代也因拆迁搬到南园小区。我专门去了趟评事街,我想看看南京小舅舅当年给我们写信发信的地方。除了小舅舅娟秀的钢笔字和信件本身,我其实不知道小舅舅居住的评事街到底什么样子。我所光顾的评事街拆迁的拆迁,拓宽的拓宽,早已面目全非,竹竿里这地名已经不复存在,问了许多老人,才知道那里已被拓成一条马路。

最近我见到一本老照片一类的画册,在上面看到一幅评事街的老照片,窄窄的街道,临街鳞次栉比的店铺和茶馆。这张照片摄于1888年,我不知道那年头我小舅舅的家人是不是已经居住在这里，或者说我小舅舅居住在这里的时候，评事街是不是还是这个模样。看着那张老照片，我仿佛又看见舅舅那娟秀的钢笔字。

湖南路

湖南路原是一条又窄又短、路两边建筑物很不成样子的路。如今除了路的长度没有变，其他都变得让人不认得了。20世纪80年代初期，我在一家造纸厂做厂长助理，坐着厂里小车来省城办差，午饭时，将车子停在与湖南路交界的湖北路路口。车从湖南路进去时，那里正在拓宽马路，所到处，路两边建筑物被拆得破破烂烂。我当时并不知道许多年后，我将在湖南路上班，并且居住那里近两年时间。我供职的省作家协会1996年搬迁前在湖南路10号办公，地处江苏省军区西侧，租赁的即是省军区的房产。

当我所在单位仍在湖南路办公的那会儿，湖南路还没有今天的规模，如今这里是商品一条街，又是灯光亮化一条街、南京窗口示范街，等等。我居住在湖南路时，路两边已经开了不少酒店、餐馆，有一家加州牛肉面店刚开张，生意火爆得不得了。到了吃饭时间，店门前站许多人排队候着就餐，我住在湖南路时经常到那里吃3块钱一碗的牛肉面（这面如今已经涨到15块钱一碗），为图省事，还一次性购买大约100张面票，到点凭面票去那里就餐。直到我搬离了湖南路，面票似乎还没有用完。

洪武北路

20世纪80年代末期，在南京郊外马群一带的省文化干部学校学习，一待就是三个月。假日里，如果不回乡，有时会到南京市区转转。那时并不知道自己不久后便将来宁工作。到市区，总会转到新街口，逛几家可算是南京最大的商场，在街边饭店吃点儿东西，然后，到府前街车站乘车回学校。来来去去的行走路线，是从府前街下车，经过长江路，再拐上洪武北路，到新街口新华书店，去书店逛一大圈，再去逛新百或人民商场，逛毕，再原路返回。

有一天，天色晚了，新街口一带华灯初放，我在经过洪武北路拐弯时，减速，徘徊，边走边想，是直接回学校，还是在路上买点儿东西吃吃再回返？想不到，几年后我竟住到了洪武北路口的肚带营，晚上出来散步时，常常会走到我当年徘徊不前的地方。

走过那里，就会想到一个"缘"字。世界很大，人生犹如旅途，人们常常会走过许多地方，然而，当年走过的地方，尤其是在某一地方徘徊过，记得自然要真切一些。这记忆中的场景或处境，竟成了自己家门口散步的地方，实在是一份奇缘，冥冥中莫不真有个什么上帝在那里。

有雨一夜到天明

一

最初的一场雨是什么时候落进记忆的?你记不起来。可以肯定,曾经有过最初的那场雨,你只是记不起来而已。

总有许多的雨纷纷落下。太阳一出就不大想到它们。然而,总有许多的雨。

过去也就过去了。雨过天晴,一句话省略许多。

二

困扰人的是夜雨。躺在床上,听雨,睡意迟迟不肯来。

你会想起很多很多的雨。

三

你喜欢藏在一片屋檐下,坐着看雨。你淡然看室外的雨,或大或小或缠绵或滂沱。你很平静。超然物外的平静。

你平静地思想,不带任何色彩,没有任何行动。

四

最容易挤进脑中的是乡间,是雨季,是在你茅屋前洋洋洒洒的雨。

雨季总在农活不甚忙的时候到来。雨季是乡间轻松的日子。

这时,乡间,视野一律青绿,雨,便将它染得愈加青绿。

穿过雨帘看世界。散散落落的村舍,袅袅婷婷的炊烟,像晕开来的水墨画。

五

最不想出门的时候,正好来了一场雨。你就会生出一种偏爱。

你不知道,农人这会儿正咒着它呢,或许,他们正在向他们的菩萨祈祷,祈求足够的阳光。

这是些没有办法的事。尽如人意,一句话说来容易,细细推究,又觉得总难尽如人意。

六

你曾经在一次长途跋涉中,遭遇一场大暴雨。

茫茫四野,敞着的没有盖的天穹。雨,就在老天爷一黑脸的刹那间,极其野性地到来。

你被淋成了落汤鸡,你使劲往前走,却总也走不出密密匝匝的雨。

你只得往前走,别无选择。你不去思想也不去体味。裹在雨中,旅人只有行动,机械地始终向前地行动。

雨住了。你才发现,你已经走出去老远老远。

七

雨夜,你总是无法入眠。

夜雨确实比白天要凄楚些,但,这并不是你无法入睡的理由呀。在雨夜,你会一下子想到很多,或者什么也不想。

在雨夜,你为什么不能入眠呢?

八

鸡叫三遍了,你开始蒙蒙眬眬。在东方即将发白的那一瞬间,你陡然记起最初的那场雨了,你终于记起来了!

然而,你却枕着黎明昏昏沉沉地睡去。

九

　　你终于还是什么也没有记住！

　　当你再度睁开眼睛，那场最初的雨到底什么时间落下的？对你来说，这依旧是一段空白。

第三辑

闲读杂议

一个正在消失的笑声
——读范小青《短信飞吧》

又读到范小青的一个短篇《短信飞吧》,如同她近期的短篇小说,这同样是一个"短篇不短"的小说。

在故事层面,小说的人物关系一点儿也不复杂,普通机关两个副处长黎一平和坐在他对面的老魏,再就是副处以下一群似乎面目不清的机关工作人员,在小说中他(她)们的名字这样被提及:"大家都骂大鬼,大鬼就骂小玲,小玲骂老朱,老朱骂阿桂,阿桂骂谁谁谁,谁谁谁又骂谁谁谁……"小说的情节似乎也不复杂,黎一平终于熬成副处长,他和坐在他对面的老魏,两个老机关,先后从大统间熬进双人间。在机构重叠、冗员遍布、人浮于事的机关,"坐机关"差不多就是坐着熬时间的机关,尽管其间不乏"机关重重"的险恶,但这些普通坐机关的人,正如米沃什所言:"站在一个受盲目力量的行动所左右的机制面前,必须把他们的是与不是悬置在半空中。"

正所谓闲事生非。熬时间的机关里的人，在熬时间的日子里，就闲出一些是非。机关里有很多闲事。也不完全是闲事，比如一个组织部部长的闲聊电话，一个可能系误发的与本单位一把手领导有关的短信，既是闲事，也是正事。

普通工作人员的大统间有大统间的是与非，副处长的双人间有双人间的是与非。关于大统间与双人间，小说中有这样的描写："过去在大统间里办公，那是许多双眼睛的盯注，但这许多双眼睛的盯注是交叉进行的，并不是这许多眼睛都只盯着你一个人，而是你盯他，他盯她，她又盯你，你又盯她，一片混乱；其二，这许多眼睛的盯注，大多不是非常直白的，而是似看非看，似是而非，移来转去，看谁都可以，不看谁也都可以，十分自由。"而进了双人间（当上副处长）情况就不同，"两个人面对面坐着，如果没有什么打扰，连对方的呼吸都能听得清楚，更不要说对方的一举一动，一言一语，从身体到思想，几乎无一处逃得出另一方锐利的眼睛和更锐利的感觉"。

黎一平与老魏之间的是非，诱因来自手机与手机短信。两个副处长，面对面两张办公桌，"因为空间小，距离近，你越是不想关注对方，对方的举止言行就越是要往你眼睛里撞，你又不能闭着眼睛上班，即使闭上眼睛，对方的声息也逃不出你的耳朵，即使在耳朵里塞上棉球，对方的所有一切，仍然笼罩着你的感官"。手机电话与手机短信，都是带提示音的，因此，对于两个想尽量保持安静、刻意想着不注意对方的人来说，这种提示音就成了很大的声音。

于是从无意中听对方通电话，到好意提醒对方有短信这些小事中，惹出的故事竟最终改变了人的生存状态：比如黎一平因此有了点儿神经质，遇事宁可通话也不敢发短信，而老魏最后竟因此调离这个单位。这些似乎都是闲出来的"事"，生出的却不是一般的"非"。

事实上，故事层面的内容，并不是小说的全部，如果不是停留在对小说的浅阅读上，人们会发现，小说所选取的生活细节，既是常见的一种生活真实，也是超生活体验的另一种真实。所谓超验是生活细节在小说中被放大，比如手机短信飞来飞去对生活的影响作用，又比如两个副处长面面相觑时的紧张与焦虑，都是呈现于放大镜中的略带变形的另一种真实。甚至小说标题《短信飞吧》，也有意无意放大了一种无奈的情绪。

毫无疑问，作者选取这样的内容并加以放大、强调，是为了更尖锐地——而不是像小说文本所采取的温和的叙说方式——揭示，在人们习见并为之麻木因而无动于衷的生活现场，我们的生存有着至少两个层面的悖谬。一是现代科技的进步与发展，已经扭曲甚至完全颠倒科技应用服务于发明者的初衷。手机作为现代通信手段，得到广泛应用，已成为现代人交流、交际的主要工具——尽管它只是现代科技应用于现代生活的一个极小的侧面。通过小说，人们可以看出，这些人们试图用来改变客观世界且方便自己生活的现代科技手段，正在异化成影响现代人生存质量的一种他在。放眼世界，不同制度都在强调的现代科技文明，已某种程度上构成对真正文明的危害。大到可能毁灭地球的核武器，小到城市车辆排放的废气，人们正由对科学崇拜进而发展成被科技所奴役，最终还极有可能被科技所毁灭。

再看我们，自从20世纪初的文化启蒙运动始，"德先生和赛先生"成了中国新文化运动期间的两面旗帜。一百年下来，"'德先生赛先生'贵体无恙乎？"且不说。而"赛先生"的表现，单从环境污染、能源消耗这些小的方面来看，就着实让人不敢恭维。更何况，这一切，仍以一种现在进行时在延续，小说的结尾这样写："新来的副处长正要说话，黎一平搁在办公室桌上的手机响了。新来的副处长说，黎处长，你的手机响了，只响了一下，是短信吧。"

再就是有一种基于体制设置上的荒谬，潜伏于我们具体生存的全程，在消解生命的价值。即如前面所说的渗透于机关的闲与闲是生非。也许有人会说，这不对，机关也很忙的呀，学习、统一思想，甚至工人做工、农民种地等，不都是由机关来主持操办的吗？是也不是……

显而易见，生活中的人们早已麻木，不再去想这个那个问题，他们随波逐流地活着，他们不管不顾地活着。可作家不能，尤其是优秀的作家！我因此想起西蒙娜·薇依致《南方手册》编辑的一封信，她在信中说："我相信，在刚刚结束的这个时期的作家们，需要对我们这个时代的种种不幸负责。我这样说，不只是指法国的失败，我们时代的种种不幸，涉及面要广得多。"

她在说时代的种种不幸，作家不能无动于衷，因为"作家们按其天职，应是一种现已失去的宝物的守护者"。当科技应用扭曲了生存的本旨，作家应当有一种警觉与责任。因而，对于生存的各种悖谬，真正的作家都不应当无视它们，更不应当卷在从众随俗甚至媚俗的潮流中无所事事。

自然，小说不是论文，它不需要论述这些道理，但它提炼出来的生活现象，却具有一种张力，让人由小见大，联想到许多东西，引人深思并促人反省。

蝴蝶不会说话
——读范小青《城乡简史》

《城乡简史》我读了不止一遍，读下几遍来却迟迟未动手写，是一种想写又怕写不好的心情。《城乡简史》让我看到早年的范小青。范小青早年的小说什么样子？早年，我曾在不同场合跟不同人说起过。记得当时我用一个词语来概括我的阅读体会：浮在未来洋面上的岛屿。听我这么说的人有多少人信我的话？我不知道。从那时到今天差不多30年过去，范小青的小说越写越好是不争的事实。

当年在《钟山》工作期间，我经常跟范小天坐在一起讨论小说，漫无边际。范小青小说也是我跟范小天经常讨论的内容。我和他常常为讨论小说发生争执。印象中，小天认为小青的小说太中规中矩。这好理解。20世纪80年代，在先锋小说甚嚣尘上的历史时段，作为关注先锋小说的《钟山》杂志的主要参与者和后来的实际掌门人，小天说"中规中矩"时多少有点恨铁不成钢的意味。我却相反。我倒觉得，在人人都争着画鬼的时候，画人尤其不易。画鬼是花活，画人需要真功夫。20世纪90年代初，我曾跟几个今天已成大名的小说家聊过范小青小说，我认为她那种实实在在、不管不顾、一步一个脚印的写法，坚持下去其实很可怕。因为，很少有人愿意这样花力气去写小说。

小天比小青大，亲兄妹。范小天又是一个强势的人，想必他们兄妹当年为小说争论不少。我无缘参与他们之间的争论，但也不是完全缺席，毕竟我经常跟小天谈小说，也谈小青的小说，因此，哪怕我对小说的看法与范小天完全相左，也不排除他在分析讨论小说时我就全无意义。

然而，范小青自有她的韧性在，似乎范小天再怎么说他对现代小说的理解，依旧不能改变她对小说的理解，不能影响到她的小说写作。而我，也许为了更有说服力地与范小天争论，我对范小青的小说读得特别细。读得细就会读出粗粗一读往往看不到的东西，尤其是面对一种貌似中正的小说文本。心情一旦潦草，许多东西会被忽略。不过，我与范小天的争论，一定意义上只是辩者着力点不同，着力方向并没有什么不同。

《城乡简史》是范小青小说转型期一部重要作品。

《城乡简史》发在2006年1期的《山花》杂志上，后来得了第四届鲁迅文学奖短篇小说奖。毫无疑问，能于众多短篇小说中夺得这一奖项殊非易事。我记得，那一年，《城乡简史》在五个获奖短篇小说中排名第一。这么一说，那么多专家评委自是充分看好这部作品，才导致这样的结果。因此，论起这篇小说，应当有一个专家的视角与评价。

只是，按照小说创作的前置学说，从写作发生学的角度，相对于接受者，文本事实上有许多参与创造的空间在等待读者。这读者自然包括小说评论家这样的专业读者。我不一样，我只是一个爱好者。因此，当我最终决定写这篇《城乡简史》的读后感，我只是作为一个喜爱并跟踪阅读范小青小说的普通读者。

先从《城乡简史》的叙事说起。范小青早年的小说叙事，是那种逸逸当当、不紧不慢、从容道来的风格。这是最难也最见功力的写法。你想想，很长很长的句子，张家长李家短，鸡毛蒜皮，有时，写上几百字才舍得用一个句号。能这样写小说的人要不是太自信，就是太任性。然而，早年范小青打动我的也正是在这地方。写小说不是拳击比赛，按说不大好用抗击打能力来做比喻。可是，写诗写文章，对作者来说，敢于步步紧逼，不管不顾，始终向前，而不去管读者的阅读承受，还真有点像有实力的拳手的抗击打能力。许多时候，不是读者，很多是作者自己首先经受不了自己的从容不迫，承受不了不乏沉闷的叙事。慢，慢一点，这话谁都会说，可要是真的慢下来，着实不容易。作者自己经受得住，然后还身形不乱，浓淡疏密，布局得当。是真功夫。我没有统计过，写到《城乡简史》，范小青已经写过多少字，不过，那应当是一个惊人的数字。范小天和我，都曾经不止一次建议她少写一点，少写一点，她有时也会点点头，回过头来说一句，实际上做不到。用这种实实在在的写法，用始终不停的速度、进度在写。练家子说法该叫"拳不离手"。拳不离手的范小青，写了大几百万字的小说，写到了《城乡简史》，得到专家们一致认同。

打开《城乡简史》小说，首先看到的是那些不乏琐碎的长句子："自清的书和其他许许多多的捐赠物品一样，被捆扎在麻袋里，塞上火车，然后，从火车上被拖下来，又上了汽车，也许还会转上其他运输工具，最后到了乡间的某个小学或中学里，在这个过程中，它们的命运是不可知，是不确定的，麻袋与麻袋堆在一起，并没有谁规定这一袋往这边走那一袋往那边走，搬运过程中的偶然性，就是它们的命运，最后它们到了哪里，只是那一头的人知道，这一头的人，似乎永远是不能知道的。"这是个168字的长句子。不乏琐碎的叙述，却极精警地让"偶然性，不可知，命运"这些远大于琐碎的哲思，平中见奇地溢出。这种句式，在这篇小说中算是短的。我略略归纳一下，《城乡简史》中，100字以上才用一个句号的句子有36个之多，最长的一个句号里有252个字。当然，相比起小青早期的小说，这些句子还不算长。我看了看发在1996年的小说《失踪》，有一个自然段750字只用了一个句号。想一想，写到700字以上，才舍得用一个句号的人，她的"抗击打能力"得有多强。

那么，这么长的让人几乎喘不过气来的句式，为什么这么多专家读过并不觉得气闷，反而给予一致好评？我以为这里面至少有这么几个原因：

首先是写实叙事的本领。到发表《城乡简史》为止，范小青有差不多30年小说写作实践，她一直坚持的写实叙事，训练出她超乎常人的文字功夫。文字功夫这东西，不太好表述。反正，写10万字与写100万字不同，写100万字与写1000万字也不同。日积月累，水滴石穿，这些成语或可用来阐释什么叫文字功夫。显然，对于小说家而言，叙事本领还只是一个基本的东西，它的最大作用在于简洁地再现形而下的生活本身，使之感动读者。《城乡简史》中化腐朽为神奇的地方，是读者臣服于作者的写实叙事本领的同时，竟发现有许多形而上的东西在故事上方摇曳。

先从小说的故事说起。故事梗概很简单，按段落大概也就四段：

第一段写了东部城市一个叫自清的喜欢买书读书的城里人，他在清理旧书时无意中丢掉一个记账本。这账本的特别之处，是记账之外又杂七杂八记下诸多不确定的内容，比如"他不仅像大家一样记下购买的东西和价钱，记下日期，还会详细写下购买这件东西的前因后果、时代背景、周边的环境、当时的心情，甚至去哪个商店，是怎么去的，走去的，还是坐公交车，或者是打的，都要记一笔，天气怎么样，也是要写清楚的"，这就近乎日记。真是日记倒也罢了。偏偏这个自清又是喜欢沉湎往事的角儿，喜欢有事没事打开"日记"找一找生命的痕迹。于是，这不是个事的事就成了个事。

自清无疑还是个认死理的人。"少了这账本，自清的生活并不受影响，但他的心里却一阵一阵地空荡起来，就觉得心脏那里少了一块什么，像得了心脏病的感觉，整天心慌慌意乱乱。"这一段前半部分写丢失了账本，后半部分写自清认乎其真、如此这般地寻找这个账本。账本没找到。线索找到了。小说第一段落戛然而止。我统计一下，这一段落一共花了5644字。

第二段开始，小说写到了西部的乡村，一个叫王才的识得几个字的乡下人。他儿子叫王小才，在乡村小学读书。毫不相关的场景，八竿子够不着的地方。直到学校来了一批城里捐赠的书。王小才和他识字的父亲王才，这才因为夹在书堆的记账本，一下子接通那个东部城市。电影术语中应该叫叙事蒙太奇吧。

这个硬面的像书籍一样的记账本，到达王小才手中也是偶然中的偶然。学校在分配这些捐赠书籍时"将每本书贴上标号，然后学生抽号，抽到哪本就带走哪本，结果王小才抽到了自清的那本账本"。识字的王才"生气之下，把自清的账本提过来，把王小才也提过来，说，你看看，你看看，你什么臭手，什么霉运？王小才知道自己犯了错，垂落着脑袋，但他的眼睛却斜着看那本被翻开的账本，他看到了一个他认得出来但却不知其意的词：香薰精油。"

"王才就沿着这个'香薰精油'看下去了，他无论如何也想不到，他这一看，就对这本账本产生了强烈的兴趣，因为账本上的内容，对他来说，实在太离奇了。"香薰精油是城里人自清家买的美容化妆品，找字典查也查不着。费了九牛二虎之力，王才和王小才这才弄明白，王才"竖起拇指，又说，这么大个东西，475块钱？他是人民币吗？王小才说，475块钱，你和妈妈种一年地也种不出来。"

天价的香薰精油所显示的城里人生活，震动了王才父子。"王才说，贼日的，城里人过的什么日子啊，城里人过的日子连字典上都没有。王小才说，我好好念书，以后上初中，再上高中，再上大学，大学毕业，我就接你们到城里去住。"王才对王小才读书一直抱有很大希望。"因为出现了这本账本，将王才的心弄乱了，他看着站在他面前拖着两条鼻涕的王小才，忽然就觉得，这小子靠不上，要靠自己。"

"王才决定举家迁往城里去生活。""王才说走就走，第二天他家的门上就上了一把大铁锁，还贴了一张纸条，欠谁谁谁 3 块钱，欠谁谁谁 5 块钱，都不会赖的，有朝一日衣锦还乡时一定如数加倍奉还，至于谁谁谁欠王才的几块钱，就一笔勾销，算是王才离开家乡送给乡亲们的一点心意。"

小说第二段落结尾处，"这时候，他们坐的车已经到了一个火车小站，在这里他们要去买火车票，然后坐火车往南，往东，再往南，再往东，到一个很远的城市去。"在车上，王才继续翻看账本（看城里人的账本已经成为王才的必修功课），又看到城里人自清买花"在诸多的种类中，一眼就看中了蝴蝶兰，开价 800 元，还到 600 元"。"后来王才在车上睡着了，他做了一个梦，梦见一只蝴蝶对他说，王才，王才，你快起来。王才急了，说，蝴蝶不会说话的，蝴蝶不会说话的，你不是蝴蝶。"

第三段和第四段字数不多，加起来才 2000 多字。第三段写"自清最后还是去了一趟甘肃"。为了寻账本的下落，"他先坐火车，再坐汽车，再坐残疾车，再坐驴车，最后在甘肃省的西部找到了小王庄"。他还是"来晚了一步，王小才的父亲带着他们全家进城去了"。自清为何这么放不下，为一个记账的本本？他不知道。他更不会知道，他的那个丢失的记账本竟成了王才父子离乡的缘由。"自清最后在王小才家的门上，看到那张纸条"。"当他站到那座低矮的土屋前，看到'一笔勾销'这四个字的时候，他的心情忽然就开朗起来，所有的疙疙瘩瘩，似乎一瞬间就被勾销掉了,他彻底地丢掉了账本,也丢掉了神魂颠倒坐卧不宁的日子。"

第四段开头写道:"自自清从大西北回来,看到他家隔壁邻居的车库里住进了一户外来的农民工家庭。"读到这里,我们都知道了,"这个农民工就是王才。王才做的是收旧货的工作,所以他和小区里的人很快就熟悉起来"。小说中,自清与王才在这个院子里有交集,却没有让他们彼此对得上。自清与王才还有几段不相干的对话。"下晚的时候,自清又经过这里,他看到他们住的车库里,堆满了收来的旧货,密不透风,自清忍不住说,师傅,车库里没有窗,晚上热吧?王才说,不热的。他伸手将一根绳线一拉,一架吊扇就转起来了,呼呼作响。王才说,你猜多少钱买的?自清猜不出来。王才笑了,说,告诉你吧,我拣来的,到底还是城里好,电扇都有得拣。""自清说,可是在乡下你们可以自己种菜吃。"

小说最后写道:"一个星期天,王小才跟着王才上街,他们经过一家美容店,在美容店的玻璃橱窗里,王才和王小才看到了香薰精油,王小才一看之下,高兴地喊了起来,哎嘿,哎嘿,这个便宜哎,降价了哎,这瓶10毫升的,是407块钱。"

一个城里人和一个乡下人的故事说完了。说这是故事也不算精准。如同范小青同时期的其他小说,这小说同样不注重故事性。写来写去,是一些寻常或不寻常的平民生活。怎么就叫"城乡简史"?也太简单了吧。事实上,已经发生的事情就是历史。历史有时也简单。

城与乡,各自有各自的坐标,各自有各自的循环,有时几百年也不变。有时也不好说。翻开历史的册页,会看到许多城乡的变迁。战乱,灾荒,有时还因为统治者的需要,城与乡距离与差异并不是一种恒定关系。这是历史的真实。可以举出许多史实印证:比如永嘉之乱,安史之乱,靖康之耻,还有下南洋,走西口,闯关东,等等。即如作者居住的苏州,竟是成千上万苏北人的故土,自元末明初几百年来,苏北乡下人的祖祖辈辈都说,他们来自苏州阊门。民国《续修盐城县志》载:"元末张士诚据有吴门,明主百计不能下,及士诚败至身虏,明主积怨,遂驱逐苏民实淮扬二郡。"据《昭阳(兴化)郑氏族谱》记载,郑板桥的始祖也是明洪武年间迁自苏州阊门。

这是大的历史事实,其实,城乡的改变有时也并非全是大事导致或造成。范小青近乎琐碎的小说叙事,小说中细微生活的人,同样是琐碎细小的变故。这变故对城乡似乎无任何影响,却影响到王才父子一家。王才父子自西部乡村来到东部城市的缘由,竟是自清夹在废书堆的一个记账本。

如果这账本是缘起。这缘起,竟有那么多不可预设也不能预知的环节。首先是城里人自清得下狠心清理自己的书堆,然后是舍不得丢弃自己的书,"他的家属说,你这本也要拣回来那本也要拣回来,最后是一本也处理不掉的",就这样拣来拣去,账本不见了。捐书还是卖旧书,也是一个重要环节。捐书才可能有痕迹,有了痕迹自清才能知道"这个地方在甘肃省西部,后来小王庄小学一个叫王小才的学生,拿到了自清的账本,带回家去了"。在乡下人那里,首先是那个装有捐赠书籍的麻袋要被拉到这里来,然后得被王才儿子王小才抽签抽到,这还不算,还得有王小才父亲这个识得几个字的乡下人。还有,账本中出现的连字典也查不到的"香薰精油",拇指大小的香薰精油,竟然有着"你和妈妈种一年地也种不出来"的价格:475块钱。

偶然的东西太多。偶然中有必然。首先是大环境变了,这个小说揭示的历史时段是20世纪的最后一二十年,具体来说应当在20世纪的80年代中后期到90年代初期。这时城乡人员的流动(主要指乡下人往城里流动)已经不再受制于旧体制。再就是文化的作用力。城里人自清,显然是一个有情怀有表达意愿的读书人,正因为如此,他才会把一个普通记账本写成笔记,如果只是单纯干巴的价格与数字,显然也不能拨动王才他们。而识得几个字的王才"也就中小那点水平,但在村子里也算是高学历了"才可能与这个账本发生关系,并最终提前改变命运。王才曾想"通过王小才的念书,改变命运"。

这样一来,篇幅不长、情节不复杂的《城乡简史》,其实已经不动声色地写到了时代,写到了文化的作用与意义。还有"人往高处走"这一基本欲念。尽管对高处的指认,不同时代会有不同的坐标。显而易见,王才王小才他们面对的时代,已经是一个物质化的时代。读书,直接扑到城里,其实是表达他们向往"高处"的诉求。

小说中有两个地方用到"一笔勾销"其实也可以是"一笔勾消"。一笔真能勾销吗?城里人自清看到"一笔勾销",犹如暗示,他那个丢失账本的种种纠结终于如释重负。而王才和王小才,却不能也无法让昨天一笔勾销。它们还在,正如小说的结尾:"王才说,你懂什么,牌子不一样,价格也不一样,便宜个屁,这种东西,只会越来越贵,王小才,我告诉你,你乡下人,不懂就不要乱说啊。"

还有这一笔:"后来王才在车上睡着了,他做了一个梦,梦见一只蝴蝶对他说,王才,王才,你快起来。王才急了,说,蝴蝶不会说话的,蝴蝶不会说话的,你不是蝴蝶。"蝴蝶会让人联想到庄生梦蝶。其实,这里还是隐喻,蝶是蛹化物。蛰伏在土里的蛹,终于幻化成蝶,飞起来,飞向远方。

其实,对于一个写作者,艰辛的创作过程也是一个蛹变过程。小说是一只飞起来的蝴蝶。我突然明白我为何过了15年才来写范小青的《城乡简史》。范小青《城乡简史》之前的小说和此后的小说,有了明显的变化:《城乡简史》之后,范小青对自己的写实叙事能力有了更多的节制,与此同时,是小说中形而上的内容,得到更多更充分的强调。作为一个长期跟踪阅读的读者,近年来,高强度写作、高产的范小青,她那一个个选点不同,切入不同,关注当代社会、溢出现代意识的小说,不时让人眼前一亮,有如一只只翩飞的五彩缤纷的蝶。我又想到当年言辞犀利、锋芒毕露的范小天。我相信范小青后来的小说转型与蜕变,与范小天始终的现代意识,也与他兄妹始终不断的关于小说的争执和辩论相关。

蝴蝶不会说话。作品也一样。作品是呈现,作品一旦完成,就是一个独立于作者的生命体。正如奥登所说:"一个献身于特定职能的人,对于艺术作品而言,其个人存在是附属的。"当我把《城乡简史》视作范小青小说转型期的重要作品,作品没有说话,作者也没有说话。那么,我有没有说错话呢?小说结尾是:"你乡下人,不懂就不要乱说啊。"一笑。

海天一如昨日
——读范小青《哪年夏天在海边》

在电脑里敲出"哪年"二字,我已经没有了最初的恍惚。第一次读范小青《哪年夏天在海边》是哪年?记不清确切时间了。印象中,这篇小说我当时是在《收获》杂志上读到。

小说开头便说:"去年夏天在海边我和何丽云一见钟情地好上了。"这里,"去年夏天在海边",其确凿时间坐标是"去年",而非不确定的"哪年"。为什么小说题目是"哪年夏天在海边"?肯定不是笔误或刊误。作为一个老文字编辑我太清楚,作者与编者不可能把"哪"与"那"用错地方。如果没有"哪年"的恍惚,把"夏天"与"海边"标上时空坐标图,很清晰。当然,如果小说题目是《那年夏天在海边》,那便是另一种小说的写法。

哪年,这一恍惚,让接下来的夏天与海边一起恍惚起来。

在小说主人公"我"的叙述中,今年,这个夏天,对应去年今日:那个夏天。那个夏天,我和何丽云"如胶似漆地度过了这个假期"。今天,这个夏天,海天一如昨日。515 与 517 房间,住着似乎是同一个女人、同一个男人。他们也似乎为延续一个浪漫故事而来。然而,我和何丽云却丢失了。字面上的准确表述,应该是何丽云被丢失,515 房间今天的女人的名字叫林秀。而 517 房间的"我"作为小说叙说人似乎不容丢失。

在去年夏天男女主人公约定的时间,"今天就是这一天",515 房间住进一个女人,在"我"的观察中,她与去年的何丽云的行为几乎完全一模一样。比如,她占了我和何丽云约定的订餐席位,点出与何丽云相同的餐点,以何丽云的姿态散步、守坐海边,"两个人的行动如出一辙"。小说叙说人"我"疑问:"可她为什么不是我朝思暮想牵肠挂肚等了整整一年的何丽云,而是一个陌生的女人?"

"我"疑问,读者也疑问。小说没有停留在回忆中印证,在印证中置疑。"我开始说话,从昨天晚餐以后,我就开始酝酿了,现在我终于要说出来了,我把自己去年夏天在海边的故事,把自己和何丽云的故事,从头到尾地点滴不漏地说给林秀听。"

那么,这个貌似何丽云的女人是什么反应:

"她'忽'地站了起来,她的柔和的声音忽然变得十分尖利。

"你是谁?

"你怎么知道这件事情?

"你为什么要打听我的私事?"

这些细节印证了:"虽然她的话没头没脑,但是我能听懂,我心里很清楚,她碰到的事情和我碰到事情一模一样。"

接下来,"林秀没有给我更多的时间思考,她开始说话了"。

"她细说了自己一年来的思念。她说自从去年夏天在海边发生了婚外情以后,这整整一年的日子,都是为了这一天。可是最后他却没有来。"显而易见,在515女人那里,517的男人还是丢失了。如果说,今年夏天515房间的女士,延续的是去年何丽云的故事,那么在她的眼中,517房间的男人也丢失了。

"我虽然没有像她那样跳起来,但是她讲述的一切,无论是事情的过程,还是心理的历程,都与我完全吻合。"

小说似乎揭开了扣着的底牌:"我和林秀,素不相识的,狭路相逢的,两个陌生人,合作完成了同一个故事,一个完整的故事,我讲的是上半段,她讲了下半段,配合得天衣无缝。"

小说进展到这里,许多恍惚并没有因为诸多印证而被澄清,却似乎变得更恍惚了。还不仅是恍惚,有点绕人,让人找不到北。

简要梳理一下故事线索:去年夏天在海边,一个男人和一个女人,偶然的机遇,发生一个短暂而又狂热的浪漫故事。当然,浪漫不是生活的全部。在近乎疯狂的短暂假期过后,何丽云和我,必须回到生活中去。他们相约:明年,年年,这个时间,这个酒店,这两个房间等等。这个约定很浪漫。一年之后,夏天,海边,还是两个人,彼此似乎守着同一约定。只是今年夏天不是去年夏天。今年夏天两个似乎陌生人叙说似乎同一件事。小说中,几乎所有事情都对得上,只有人对不上。

小说的前半部分收在这里。线索是清楚了,答案却没有。其实,没有答案也是答案,张力很大,可以填充许多东西。

不同人遇上相同事，这个不难理解。天底下男男女女的事，抽象出来，原本大同小异。问题是小说不是论文，小说中的抽象得寓身于具象。因此，小说中去年的何丽云，今年被丢了，今年夏天，原该出现何丽云的场景，冒出一个举止行为与其几乎一模一样的林秀，这些都需要一个合理的交代。

接下来，小说情节线的推进似乎被置放于一个悬念下：何丽云哪去了？到底有没有何丽云这个人？

"我"通过种种社会关系寻找何丽云。按理，两情人之间应当不需要外在的联系通道。关键在于"为了等待明年的这一天，为了不影响我们现在所拥有的一切，我们一起删除了对方的所有联系方式，手机号码，单位电话，电子邮箱，通讯地址等等"。主人公的行为略有点荒唐，从浪漫的角度也说得通。

终于找到何丽云的所在单位。人事部门的答复却是："查了近三年的公司人员名单，没有何丽云——"这自然是不能让人信服的答案。去年夏天出现在海边的人，所在单位近三年的名录中竟然查无此人。

"去年夏天在海边的那个人、那个何丽云，到底是怎么回事呢，是假的，是骗子，或者根本就没有这个人，是我自己的幻想？无论真相是怎样的，我都想要丢开它了。"电话那边，想必是一个既热心又负责任的人事干部，在继续深入查询后又来电话："四川分公司从前确实有个何丽云，但是三年前出车祸去世了。"

三年前的死亡与"去年"的艳遇，时间对不上呀。"我惊愕不已，愣了半天，才结结巴巴问道，她，那个何、何丽云，去世前,公司有没有安排她到海边度过假。那姐们说,这个我也问了,是有过的,就是度假回来不久就遇上了车祸。"

这样说来,寻来寻去的结果是:何丽云三年前从海边度假回来后,死于一场车祸。因了当事人三年前已死亡这一事实,已不能印证去年夏天的人和事。难怪小说标题要用"哪年"。何丽云哪去了?再想想何丽云这名字起的:"何"来的"丽云"?似乎暗示原本就没有这人。那么"我"的名字曾见一呢?既然何丽云可以理解成"何来的丽云",那么曾见一不是也可以读作"曾经一见"或"何曾一见"。细心的读者,通过人名可以联想作者安排小说的情节的用心。

小说还安排了一个梦境:"我导师说,你的程序出差错了。"程序。梦中。导师说:"我只给你设计了一次婚外恋,你超出这一次婚外恋,程序就不够用了。"我倒。我哪有。导师又说:"是为师的三年前远见不够,现在看来,我们的预测远远赶不上社会的发展速度啊。"

去年何曾一见的何来的丽云,他们,又到底在哪年曾经一见?还有,今年在场的林秀呢,林秀又是谁?

还是梦。"我导师也不回答我的问题,坐到电脑前捣鼓了一番,重新设计了程序。我导师回头问我,现在,新的三年开始了,你是清零以后重新开始新三年呢,还是在前三年的基础上延续第二个三年。"

好了,终于清零了。然而,梦醒。

所有困扰俱在。

到了精神病院医护人员出场,把逃出精神病院的林秀捉回医院。再到"我"的身上也发现了精神病院的号牌。故事情节似乎越来越离奇。小说中发生的、似乎原本有过的人与事,竟一一被证伪。

清零,清零吧!

我还记得,当我看完这个小说,掩卷寂坐良久。

海天一如昨日。永恒不变的背景与始终不确定的基调。一个似乎是爱的故事,在这背景和基调下演化和推进。

不确定,是这篇小说的叙说基调。细想一下,小说中不确定的还不只是时间节点,人物的名与实,还有爱情故事本身。如同小青其他关注现代性的小说,这个爱情故事也一样,只是,在这个爱情故事中,爱的古典意义已丧失,主人公却试图用古典意义来设置当下人对爱的认知。换言之,在这个爱情故事中,出现了不可辨识之物,它已经不再是单纯的爱,性与爱的边界也不清晰甚或错位。这有点像阿兰·巴迪欧在《存在与事件》中说的:"我们生活在一个复杂,甚至有些混乱的时代中,彼此交织在一起的断裂和连续不能仅仅用一个词来理解。"

夏天,海边,男女,可以极自然地裸露,很容易让异性之间多出一些生理层面的蠢动。毫无疑问,让男女之间生出点事情,夏天与海边是最理想的季节与环境。某种意义上,性是不能包裹很多东西的。人穿得越多,越容易正经八百,性则越容易被压抑。显然,这里穿得多或少,并非仅指衣物。而性的勃发,容易忽略精神层面的东西,甚至让人误会为爱与浪漫。

小说主人公的浪漫约定,显然是为古典式爱情背书,515和517,他们都感动于这一约定。读者想必也一样。然而,真是这样吗？小说写道："十天以后，我们就分道扬镳，从此天各一方，很可能一辈子都不再见面。"并把它作为"我们相爱的前提"。这一前提，其实与古典式爱情是相悖的，具有显著的当下特色。当下人对爱情的态度，已不再古典，不再纯粹。一生只爱一个人差不多成了神话。小说中这样描述："因为我们都是有家室的人，都有优秀的配偶和孩子，都有体面的光鲜的家庭和事业。我们都不会因为一次露水情而毁了自己辛苦打拼多年才得到的一切。"这是当下人对待爱或性的真实态度。这里所说的"露水情"与古典意义上的爱情，应该关系不大。然而，他们（当事人）却又向往何丽云母亲讲给她听的爱情故事："有一位女子，从年轻的时候开始，每年秋天到远离家乡的一个小镇的小旅馆，和情人相会三天，然后回到自己的生活中，一年中没有任何联系，明年再来。这样的日子一直延续到她老去。"这是一种古典式的爱情。

现实的、形而下的，浪漫的、形而上的，这两组内容在现实生活中，在当事人那里，始终处于撕掳状态，正如人的一生，"人与人的动物性"始终在拉锯状态中。这种始终的撕掳状态，是当下人的真实情态。小说这样形容当事人的纠结："可是，许多事情不由人的意志为转移，到了分手的前夜，我们才发现，我们已经无法分手了。我们又不是机器人，可以随意开关。机器人有时还不听指挥呢。"无休止的变量。无休止的纠结。找不到边界。不可辨识之物。是现代人无法摆脱的困扰。

这样一想，作者绝非为讲给我们一个曲折离奇令人恍惚的故事。小说中种种不确定其实是服务于爱情主题的不确定。而这种不确定又来自当下人对一个婚外遇事件不清晰的辨识度，陷于浪漫与现实的纠结与撕掳。

那么,515与517之间到底发生了什么样的爱?是爱还是性?这个问题有点严峻,却又无法确定边界。或许在古典主义那里,爱总是大于性,而在现代主义这里,性也可能大于等于爱。这种表述有点逻辑上的小矛盾。如同我们无法确定人的边界一样。阿甘本说:"人与动物的区分并不在人与动物之间,不在人之外。"(《敞开:人与动物》)阿甘本接着说:"倘若真的如此","必须用一种新的方式提出对人的追问"。那么,在人的内部"人与动物"怎么区分与分布?如果人的内部始终存在着这一分布与变量,那么什么才算是人?这些"对人的追问",同样存在逻辑上的疑问。往深处一想,无论对人,还是对爱,似乎都存在这么一个有着疑问的逻辑关系。在小说中,事还是那事,人却不是那人,或者说那人与那事对不上。一个不确定的"哪"字,其实是不确定的隐喻:人非人,事非事,是一种不确定,而爱非爱,性非性,也是一种不确定。

海天一如昨日。天之下,海之滨,人与人,性与爱。始终是一个变数,如果这变数在生命长度的刻度未能显现,我们也可将其描述为"永恒"。由于时代的变迁,节奏的加快,价值取向和思维方式的改变,"流动的现代性"(齐格蒙特·鲍曼语)让诸多变数在生命长度内不止一次地显现,且始终处于流动状态。这是现实的悲哀。始终处在变量的情势状态,如保罗·瓦累利所说"实然中断、前后矛盾和出其不意,是我们生活中的普遍情况",我又想到巴迪欧的"空集"概念:空集是一个无法安置的点,它说明了它所展现出来的东西在呈现中以抽离于计数的方式到处游荡。人，有时就是这样一个空集。

　　这大约也是作者最后用精神病院的逃逸者来收编爱的幻想者同时也是现实主义者林秀（何丽云）和"我"的一种考虑吧。小说写道："那女孩又笑，说，从精神病院出来的，不一定都是病人。"

　　小说从一开始就在找人，找呀找，人没有找到，找人的人却成了精神病人。这是一个悖论。也是一个隐喻：当我们想找到自己，我们就成了非正常人。

　　我还想，小说最后以精神病院的逃逸者来破局或以此为故事的结局，作者是不是也像我此时的心情，有点难过。

　　"飞机颠簸起来，遇上气流了。"小说用这句话结尾。

谁的钟表坏了？
——读范小青短篇小说《现在几点了》

现在几点了？寻常语境一句寻常问话，被提溜起来做了小说标题，竟生发出一种化腐朽为神奇的张力。2019 年第 1 期《雨花》杂志尚未出印刷厂，我就在朱辉的微信上读了小说《现在几点了》电子版。线上匆匆读过，通过微信转给了几个文友，事情似乎还没做完，就又把小说下载到电脑，用 WORD 文档打开，再细读一遍。小说的故事看似简单，读了却有点儿化不开。真所谓篇幅不长，张力不小。

小说用"现在几点了"这句话做引子：

"老人坐了下来，手臂搁在桌子上，她以为他要开始诉说自己的病情，等了一会儿，老人说了一句，现在几点了？"

"她回答的时候，看了老人一眼，她是有经验的，所以已经有了一点预感。果然，老人又说，现在几点了。"

现在几点了？明明是一个关于时间刻度的问题。作为一个有经验的医生,梅新"基本判断出来了,老人其实并不是在提问,或者说,他并不知道自己在问什么"。

"阿尔茨海默症。"梅新医生以确诊口吻表述老人的症状。确实,阿尔茨海默症会导致病人出现时间定向障碍。"老人指着自己的胸口,明天我这里有点闷。""前天会不会下雨。"很显然,"时间概念已经完全混淆或者丢失了",根据医生梅新的判断:"这至少是到了中期的病症了。"

小说开始于对时间刻度的询问,然后又通过提问者的"阿尔茨海默症"消解了询问的意义项。然而,时间作为小说揭示的主题,却始终在小说情节线中显现,似乎有一些潜在意识,带着一些不太明晰的意义项。

"老人皱着眉,十分焦虑地说,我来不及了,我来不及了,我没有时间了。"一个八十岁的阿尔茨海默症患者有此症状,不奇怪。在语义项层面,"没有时间了"符合一个八十岁老人的逻辑。

接下来,护士小金也为时间纠结:"她们正说着话,小金的手机响了,小金一看来电,还没接电话就叫嚷起来,哎呀呀,我差点忘了——哎呀呀,现在几点了?"

这还不算,小说中轮番出场的人物,几乎都在时间节点打绊儿:

"排在第一个的是一个面带怒气的中年男人,他正在嚷嚷,医生也不看看现在几点了,跑到外面瞎聊天,浪费我们时——"

"她赶紧说,让我先看吧,我马上要去什么什么什么哇啦哇啦哇啦——我时间来不及了——"

"那妇女说,你不是心疼时间吗,你要是死了,时间就全没了——她忽然叫喊了起来,啊呀,现在几点了?啊呀呀,我不量血压了,我来不及了!"

"周医生很懊恼,一直说,怪我,怪我,那天我约了要去看房,时间太急了,我没有仔细看,我那天时间来不及了,我要是时间来得及,不会这样粗心的。"

"老太太在旁边嘀咕说,你这样的,不用来麻烦医生,自己到药店拿医保卡就可以了,来医院还耽误别人的时间。"

小说读到这里,才知道原来作者想说的并不是"阿尔茨海默症",或者,"阿尔茨海默症"只是一个影子。影子周遭,渗透的全是时间。不同年龄、不同性别、不同环境下,时间,仿佛冬日危机,四处呈现。

汉斯·梅耶霍夫曾经说过:"问人是什么,永远等于问时间是什么。"(《文学中之时间》)的确,生命在时间中展开,生命其实是一些不同的时间刻度,而且是一些可以消耗殆尽的刻度。小说中"现在几点了",不再是一句简单问话,它似乎还多出几个意义项:一、时间不多,已进入临界状态;二、时间所剩无几,再不什么什么就要来不及了;三、一种与时间相关的焦虑普遍存在着。

如果用四季划分生命的时间刻度,冬日应当是生命的最后一个时间段。现在几点了?在一个"阿尔茨海默症"患者那里,语义层面已无意义,但在生命周期上,这一提问的潜在意识却是对所剩无几的时间,有难以言表的焦灼与焦虑。

因此,一个小说未提及的词出现了:时间焦虑!小说中这

样一些对话,让人时时感受到这种焦虑:

"老师说,喔哟,张阿爹你急得来,急着去上班啊?"

"张阿爹虽然咳得厉害,嘴巴仍然蛮凶,说,难道不上班的人,就不要时间了吗?"

"老师说,好了好了,不和你说时间了,人都这么老了,还时间时间的——"

"脾气不好的男人又不高兴了,说,你时间来不及?就你忙?现在谁不忙?再忙也有个先来后到,不要不讲规矩。"

再看看这组对话:

"梅新说,那个,她急着量血压,要去赶车?"

"赶个魂车,赶火葬场的车吧——她要买彩票。"

"咳嗽的老人一边咳嗽一边还忍不住插嘴说,买彩票急什么急呀,到晚上也可以买的。"

结论是:"她们都觉得自己的时间很紧。"

梅新医生之所以从大医院降职到社区医院,也与时间有关。她要去接外地过来的妹妹,而她先生的时间概念有瑕疵,据她估算妹妹大约八点二十到达地铁出口。可"时间已经八点十分了,丈夫居然还没有出门",于是,她只好自己请假去接人,而偏偏这个时间里,出了医疗事故。小说写道:"丈夫的手机里却传过来电视机里的声音,丈夫'咦'了一声,随口说,现在几点了?"

"现在几点了?"在这个短篇小说中被不同的人重复使用。

小说中,时间焦虑并非阿尔茨海默症患者的单一症候,当小说中发生的人和事都与时间挂上钩,时间焦虑似乎已经是一个全民性症候。于是，小说中并未提及的似乎是全民性的时间焦虑症，显现在读者眼前，在读者心中引起震撼！

这病始发于何时？病根是什么？小说家没有说。小说家不是医生，虽然她写到了医生与病人。这里留有大片空白。这里的空白由读者自己去填写。

我在读小说时，突然闪回幼年的生活。那时，大人们经常"早上皮包水，晚上水包皮"，轻轻松松谋生活。如果要说当时的人不如今天的人进取，似乎也不让人信服。别人且不说，仅我父亲早年也就是做个三分利的小生意，竟可为八个子女盖下八处房产，用时下流行语去形容，还真是够拼的。可他依旧能痴迷于琴棋书画，优哉游哉地过日脚。后来，环境所迫，琴棋书画不起来，他干脆给我二哥四个小孩起名：张琴张棋张书张画。回忆起来，当年并非他一个人如此，印象中，街坊邻居，大都这样从容、写意地生活着。

为何到后来就一个个活得忙碌了？不好深究。应当还不是所谓"现代化并发症"，与现代不现代似乎毫无关系。去国外旅行，看瑞士、丹麦、芬兰这些国家，周末商场无一例外关门打烊。街面上，许多地方看不到人，唯有咖啡馆、休闲场所满座。时间上，这些国外的人群与我们同处同一个刻度，空间上，我们的前人与我们同处同一纬度……

小说安排了两个似梦非梦的梦境，来讨论钟表。应当说这是小说最值得注意的细节！

"老人重新坐到了梅新的桌子前面，跟梅新说，医生，现在几点了？我的表坏了，时间找不到了……"似乎是写实。只是后来,"老人从口袋里取出一张纸,塞到梅新手里,说,时间在这里"。让人觉得有点儿梦幻。再后来,"梅新正想把那个奇怪的纸单掏出来看看到底是什么,就听到有人咳嗽了一声,把她惊醒了"。

"原来是个梦。"却又好像非梦。

一个周末,在家里整理衣物的梅新,无意中在很久未穿的旧衣服口袋里发现"一张修理钟表的取货单,上面有钟表店的店名和地址:梅林钟表行　梅长镇梅里街十一号"。

"她想起了那天中午的那个梦,这明明是梦里的一张纸单,怎么会真的出现在口袋里?"

接下来是梅新回家乡梅长镇,去看望父亲,去找梅林钟表行。"正如她所猜测,梅里街已经不是原先的梅里街了,虽然门牌号还都在,但是十一号不再是钟表店,而是梅里街居委会。"

遇到的年轻人都不知道这个钟表行所在。有一个大叔似乎认识她,但一说话她又觉得不对。"那大叔说,好久没见你回来了,好像你父亲去世以后,你就没有回来过?"

"梅新忽然意识到,这大概又是一个梦,梦是荒诞的,她应该从梦中醒来。"

其实,似梦非梦只是想用一种模糊方式来表达:表坏了。表坏了,没有修好或修好了没能取回。

什么表坏了,让人们在时间面前变得不那么"对付"?而事实上人的生命始终与时间相关,时间刻度不对,人的生存质量与生活品位就都出了问题。

有人曾说,焦虑的根本原因,是你守不住自己的节奏,太急于收到回报，看到改变。这种说法的荒谬就在于，他把全部看成了个别。如果是一个人的焦虑或一部分人的焦虑，他可以这么说，一旦所有人都焦虑，那就不是个人的问题，是文化的问题。显然，文化问题要说透了需要著一本大书。不过，从前人的价值观那里，我们可以看到一些端倪。

那么，文化上的问题又出在哪里？《管子·小匡》："士农工商四民者，国之石（柱石）民也。"管子的"四民"划分，与后来的"万般皆下品，唯有读书高"一样，都是在价值取向上向务虚层面倾斜。为何把最能直接产生经济效益的"商"排在末位？为什么要去强调"百无一用"的读书人？这里其实有一个精神高于物质的价值本旨，而这本旨始于"以人为本"的理念。的确，人如果没有精神了，人还是人吗？

以人为本，还是以别的什么为本，一定意义上直接影响人们的人生观与价值观。还是《管子》，"霸言"篇中，管仲对齐桓公陈述霸王之业，有这么一段言论："夫霸王之所始也，以人为本。本理则国固，本乱则国危。"以人为本，就是强调人的尊严和价值，重视人格和个性的发展。古人是这么说，也是这么做，于是我们在能读到的几乎所有历史典籍中，读不到"商"人什么事，包括那些挣快钱的人、功于应用的那些人。不能说社会发展与进步与他们没有关系，但最终，钱与物质都是生命的附加值，人的尊严、人格和个性才是价值本身。当价值取向倾斜于物质至上，人们怎么能不急功近利？因此，别太强调致用，男女老少，都务点儿虚行不行？

事实上，人的尊严和价值，人格和个性发展，都不是金钱所能换取的。当"一切向钱看"了,当"时间就是金钱"了,确实有一个祖传的老钟表坏掉了。除了那个老年患者,似乎还没人提出修理钟表,更不好说修好。在似梦非梦中,梅新倒是看到一张修表的单据;在似梦非梦中,梅新似乎也没有找到修表人,更没能找到修好的表。

"现在几点了"是小说中的提问,小说外也有一个令人心颤的疑问:"谁的表坏了?"

还是回到小说。根据医生梅新的判断,"这至少是到了中期的病症了"。

还是那个"阿尔茨海默症"患者:"老人重新坐到了梅新的桌子前面,跟梅新说,医生,现在几点了?……你能不能帮我修修表。"

医生,能不能帮我们修修表!

冒犯或僭越,新诗在试错中前行
——读荣荣的诗歌近作

荣荣即将出版的一部新诗集书名为《冒犯》,此前她还设想过"僭越"这个词。无论"冒犯"还是"僭越",荣荣对新诗与新诗写作,始终保有一种谦卑的姿态。仅这种姿态,一下子就把荣荣与诸多嚣张跋扈的所谓诗人区别开来。事实上,一个人能走多远与他的境界大有关系。

"比钱财更少的时光 疲于奔命的时光/病着的时光 烦心的时光/这些还将被整块整块剔除/他们被挤到了边缘 走得如此凶险。"荣荣这首《余下的时光》让人想起残酷的时间:一个是个体生命所能理解的时间,一个是历史视角下的时间。这两个时间,都足以令人心生忐忑。

20世纪初,新诗擎着"革命"旗帜狂飙突进,"革命者"横冲直撞,手持当时国人尚未见识太多的洋武器,似乎所向披靡,这些都注定了"革命"或"革命者"不大可能揣有冒犯以至僭越的忐忑。那么，一百年过去，经过几代人的艰难跋涉，诞生于20世纪之初的新诗，今天到底长成什么样子了？如果搁在多文体视域或者单以接受者的视角去看，似乎还一时下不了令众人信服的结论。这是一个悲哀的话题。作为一个诗歌文体写作的从业者，把视线锁定于新诗诞生百年成长期，我坚持认为，近年来中国新诗的成长与进步应当是新诗史以来的最好时期。好就好在，一些优秀的诗歌文体写作者，他们始终以谦卑的姿态，或者说新诗正在冒犯与僭越的忐忑里，在试错中前行。

自胡适的"尝试"开始，新诗一下子离开既有的旧体诗的轨道，开始了在没有路的地方寻找路。自由是大的潮流与方向，而自由的本质却决定了前行者并没有统一方向，尽管从众心理会让许多人往人多的地方挤，追着人多的影子走，但自由本身却决定着，一百年，几代人，无论方向还是行走路线，都只能从试错中证伪，再渐渐从混乱走向有序。

记得胡适的《尝试集》有一首文体明显区别于旧体的自由诗《鸽子》：

> 云淡天高，好一片晚秋天气！
> 有一群鸽子，在空中游戏。
> 看他们三三两两，
> 回环来往，
> 夷犹如意，
> 忽地里，翻身映日，
> 白羽衬青天，十分鲜丽！

这大约是新诗的最初尝试了。一百年过去,我们来看荣荣的《出尘》:

> 你真的带给她现世的欢乐了吗?
> 你真的宽恕她一切错误之举?
> 远离她吧 她正在岔路上
> 写悲凉之诗 抱怨烟云之物
> 现世的富足是一件外衣
> 她更喜欢光着身子住回内心
> 那里 她灵魂的底板是灰色的
> 寂静之水早褪去烂漫色泽
> 她一屁股坐在时光的淤泥之中
> 背对你 一个黑白的天地
> 如果再往里窥探 你会看到那个巨大的不安
> 正被脆薄的寂静包裹着
> 她在自毁吗?这个被悲怆控制的不要颜色的
> 女子 在灰色的底板上会越坐越深
> 越来越像一个乌有之物
> 想与整个世界的虚无为敌

我没有比较的意思,也毋庸比较,都是白话,诗的现代性,诗意的密度,诗味的厚度,一读便知。我不做优劣评判,毕竟文本的价值得让历史来说话,时间才最有发言权。我也不以岁月流逝来为早年的尝试或沿途的试错做各种辩解，在历史面前，一百年算什么？只愿有一些优秀文本不致被时间擦去，只愿这一百年来的努力最终被时间证明没有白费。最后，经时间的过滤，优秀诗文本留下来，填补这一时间段的空白；经历史的选择，有一条既符合现代汉语规律又传承民族文化传统的崭新的路被大家公认。

只有一点，我们越来越明白，在时间面前，任何嚣张的言辞，除了暴露其内心的软弱别无效用，倒是真正的谦卑，才是一个前行者应有的姿态。这也是荣荣最能打动我的地方。当我看看荣荣走过的诗路历程，看到她越写越耐看的诗文本，常常掩卷陷入遐思：

> 她只想梦下去，梦到梦走他不走，
> 梦到天亮了，他仍在磨蹭：
> 天也有涯山也聚首，今宵一别却是永远。
>
> ——（《镜中花》）

> 而许多情感突然不见了，像雨水落入山川。
> 这让我相信，身体里也有一个汪洋。
>
> ——（《独角戏》）

再看她的《回转》：

> 一个疾步如飞的人
> 他的欢喜落在山那边了

一个憋不住火焰的人
　　他的泪水也会燃烧

　　一个被阻止的人　无法寻找
　　因被遮挡而消失的道路

　　看上去总有些事与愿违
　　层层叠叠的苦难如此悲壮

　　趁还没深陷　可以停下来吗
　　他呼喊着　试着要将自己喊一点儿回来

　　能把自己喊回来吗？理论上，到自己开始明白了得喊回自己，剩下的时间应当不会很多。然而，可贵之处也正在于此，一个人年轻时狂妄一点儿不要紧，谁没有年轻过，谁在年轻时不嚣张？一个人到了想喊回自己的时候，内心其实充满了忏悔：

　　时光能预设多少岔路
　　天地静默山水无辜　有谁听我忏悔

　　有缘之人在千里之外辗转
　　黑暗在黑色眠床　有谁听我忏悔

小小的无赖索要他内心的珍珠
弯月挂在杯沿残酒不眠 有谁听我忏悔

星光早模糊了彼此的颜面
还以为我们心照不宣 有谁听我忏悔

借着黑暗我掩盖我的慌乱
蜡烛点亮又熄灭 有谁听我忏悔

爱情早已腐朽而肉体仍在苟安
我也在寻求原谅 有谁听我忏悔

今晚 我的孤独和醉意如此卑微
只有羞愧汹涌 有谁听我忏悔

——《忏悔谣》

可是,有谁听我忏悔?!

这是诗人的烦恼,所谓"执念起,烦恼生"。写诗的人就是这样一群执拗人,常常是自寻烦恼。再看下面这首《失眠谣》:

今晚有一颗睡不着的星星。

睡不着的眼举目无亲地黑。
睡不着的腰身走投无路地疼。

睡不着的黑枝丫长满睡不着的黑花朵。
睡不着的世界，赶着一大群睡不着的羊群。

今晚有一颗睡不着的星星。

允许它翻山越岭寻访失眠的爱人。
千疮百孔的夜，颠三倒四的情话。
藏掖的孤独掏心掏肺地摆上来，
闪着月光的宝蓝。

今晚有一颗睡不着的星星。

或者随意揪住一颗起夜的星星。
它不会是多余的，惺忪的睡眼满是好奇：
"这里真黑啊，我找不着自己了。
我很想要一颗不睡觉的星星！"

今晚有一颗睡不着的星星，
找寻它不睡觉的爱情。

  不睡觉的爱情，在这里更多是一种象征。诗人的失眠是因为有一种更大的烦恼在，这烦恼有点儿像"与尔同销万古愁"的苦恼。豪放如李白，竟也在万古愁面前惆怅、苦恼起来。诗人的内心总是敏感、柔软的，这也是诗这一文体应有的敏感与脆弱。

然而，从社会学角度，今天的某些社会文化，与我们的内心、与诗相悖：争抢眼球的霸道、广告语汇的自诩……什么强横的东西都有，唯独没有谦卑的位置，没有柔软的成分。某种意义上，谦谦君子在现实中的境遇并不乐观。我认为，荣荣的诗歌价值其实是被低估的，被低估的原因可能有多种，但她的谦卑姿态却可能是被低估的一个原因。这又是一个悲哀的话题！

几年前在一次国际诗歌研讨会上，我以荣荣的诗为例做过一个"关于现代汉诗四种阅读"的发言，我记得当场发言评议人是于坚，在对我发言的评议中他也表达了这个意思：他认为荣荣是一个没有得到应有重视的诗人。然而，这不重要，把想说的道理挑明了，今天的高估与低估，其实并不重要，真正在前行，真正在试错中得益，最后是真正的好文本，才是诗的根本。难道不是吗？如果我们简要回顾一下，不难发现当年许多被隆重推出、受到褒奖、受到关注、被选进教材的诗文本，竟被时间证伪。幸运的是那些已故诗人，他们没能看到身后的被证伪。而不幸的是幸存者，在一个不太长的时间里，他们似乎看到了他们所能看到的真相。更不幸的是我们今天看到的真相，未必就一定不同于我们的前辈他们对真相的判定：他们中没有人会相信他们的文本竟如此速朽！他们或许始终认为自己是正确的或者永远是正确的一方。

写到这里，心里不免有点儿发虚。薇依说："我们接受在我们面前显现的虚假的价值，当我们以为在行动时，实际上我们静止未动，因为我们依然处在同样的价值体系中。"人不能拎着自己头发把自己提起来、离开大地，作为当代人，我们真的不能自信到，以为自己真是大师了，以为我们的文本已经无懈可击，必将传世。时间还没有说话呢。而时间一旦开口说话，这世界上就没有了你我他。

或许时间还在考验着今天，试错依旧在进行。当我在与荣荣的有限的交流中，当我在荣荣的诗中读到诗人的困扰与纠结，我特别认可荣荣的谦卑与始终前行的不懈努力。我同时认为：新诗将是中国诗歌传统经历现代通向未来的必由之路，还有，这条在试错中最终被选择的正确的路，一定存在于始终前行者中间。

在尝试中，任何有创意的努力都是有意义的。我曾经发现荣荣的诗在文体形式上有一种新尝试：引文的植入。比较多的引文（用前后引号括住的内容）作为诗句植入诗中，在现代诗写作中，当年还是一种不多见的文体形式。嵌在诗中的引文，其形式意味有点儿像旧体诗中的"用典"——有旧体诗阅读经验的人都知道"用典"的作用和意义。

"也许缘于那次受寒。"
当羽绒被勉强窝藏起两颗胆战之心，
它整夜裸露着，并被忘记。

"不曾上心的事还是发生了。"
我给你短信："我被衰老追上了。"
"从今后，我无法自由触摸的那部分肉体，
也仅是你青春的残羹。"

——《锈蚀》

这两节诗一共七行，却有五行都是引文方式的句子。引文的植入，还有一个好处，就是让诗质的疏密度发生了改变，比如下面几句诗："'爱可以是伤害的借口，/我想让疼痛分娩出一堆珍珠。'//'你巨大的隐忍里有我灵魂之所。/夜半无人时，你才是我前世的沉香。'"（《沉香》）如果去掉其中的单引号，会觉得语言密度有点儿不够，加上引号后，读起来语感有了变化，似乎是对话，会让人联想到对话环境，也可以当成自白，有疏松的感觉。适度的疏松植入诗中，改造了诗质的语言密度。这也等于说，恰当的引文植入，可以改变诗的密度与张力，从文体意义上起到了创新的效用。

　　在短诗中植入引文，其实也是在汲取传统诗歌的营养，借鉴旧诗中"用典"的技法。在新诗中插入对话或旁白，虽未必是她独创，但于她，却是一种有意识的追求。这一手法眼下也被许多人沿用了。自然，一种可取的创新，并非除她之外别人就不能采用，问题只在于如果一个先行者被喧嚣遮蔽，也是不公允的。

　　因为职业的缘故，我经常会被人问及新诗的文体边界与范式以及评价标准。这是一个很难回答的问题。鲁迅先生有过一句名言：世上本没有路，走的人多了，就成了路。虽然这是从本原角度，而不是面对既有道路这么说，其实也是在讲一个试错的道理。关于新诗的成长，我在另一篇文章中这么写过："这是一场伴随整个生命长度的漫长而没有终点的马拉松，所有写诗人凭着各自的天分，借助于一个诞生时间不算太久的新诗体，以各式各样的姿势，走各自的诗路历程。尽管时间已经过去百年，尽管已经有了几代人的努力,但我们依旧可以称自己是新诗体的草创者。那是因为,时至今日,我们依旧能看到许多似是而非、不能以相对确定的评价方式予以评价的诗文本,它们是'自由'的产物,但其中绝大部分将因'自由'之故而最终被淘汰。也正因为我们都是草创者,我们完全可以有各自的想法与追求,尽管我们的许多想法或许多追求可能会被时间无情抹去,但时间终究会给出一种结论。结论将来自我们的所有努力,或言之,在我们的所有努力中或将产生最终的结论。"

具象与抽象,无理而妙的诗境
——读小海长诗《影子之歌》

叔本华说:"对一个人而言,假若他看见的众人和万物,都不曾时时看上去仅仅是幻象或幻影的话,他就不会是一个拥有哲学才能的人。"

几年前,不记得在什么杂志上读到小海《影子之歌》的节选本,一种被拨动的感觉至今仍记得清清楚楚。那些年,我是专业作家,后来也兼做一些编辑工作,职业使然,有相当的阅读量,也因此相当疲乏。而《影子之歌》让我有了一种特别的阅读感受。

存在,就会有影子。影子本身是一个特殊的存在。相对于物,影子似乎是一种他在,然而它又是物的投映,是派生物。作为一种存在,影子没有物的立体构成,不占用物理空间。影子的另一个特殊性,在于它相对于诸多存在物,无实际意义。一块石头,一栋建筑物,派生出影子,却与影子无涉,石头与建筑物不会去揣摩影子，也不明白他在和自在的道理。唯有人，只要他仍行走在这个世界上，始终形影不离，"影子伴随我们／降临，生长，成熟，衰老，／和爱神一样，和死神一样，／靠我们的肉身和血气喂养"，除非"你死后，夜降临"。这里的形影不离，其实包含人对影子的感知。依佛教对人的生命的诠释"生命只是一种相续不断的感知"，从这层意义上，影子也算不得纯粹的他在。

人与物的不同，就在于人有思想。人的思想，也是生命所派生出的"影子"。人消失，人的影子消失。人的肉体不存在，依附其上的思想行为不再产生，但作为精神现象的某种思想或艺术体系，却可以超越具体生命而延续。因此，人有着具象与抽象两个影子。具象的影子随人的消失而消失，抽象的影子则不然。

影子是一柄尺。所有可见物体，无论白天、夜晚，还是日光下、星光下，这一柄尺与能见物形影不离。影子还是一柄变形的尺。因此，传说中有被自己影子吓走的狼，也有被影子膨胀的人。早晨的影子，从很远的地方延至"我的脚尖""投射得那么远／像一根硕大的钓鱼线"，有星光的夜晚，影子去另一个方向，去钓另一个人的梦或幻想。存在，就会有影子。这里，影子是所有"有形的养分"。作为人，活着才会有影子（这里的影子也可以喻示人活着才会有思想）。

作为一个特殊的存在——既非他在亦非自在的影子，用诗的语言表述就是：特别有张力。说实在的，当我一看见小海的这个题目，就想，这就是小海！这是瞬间流露出来的羡慕。再想，这个司空见惯、众人皆知的影子，为何没有人来拿捏、揣摩、做它的文章？那是因为，看似寻常的影子其实是一篇极不易去做的文章。具体的影子或许与形相随，而抽象的影子则无所不在，"永远是影子的建筑"，"而影子是一种未来的结构方式/——后台处理方式"。在世界还没有生出喜欢揣摩的人这个物种时，影了就伴随物的存在而存在。当然，在所有留下影子的物当中，人是存在时间比较短的那种。与山，与森林，与诸多有形物相比，或用历史刻度去衡量，白驹过隙，电光一瞬，这些词汇都是用来形容人的生命长度的。然而，人有思想、有精神内涵，思想和精神，一下子又把人的"影子"的生命给拉长。

把具象与抽象的影子，把这个由物派生出来、没有体积且不占用空间的"他在"，有意味地呈现，并且顺变为阴阳或正邪或非阴阳正邪可以涵盖的象征体，抑或转换成一种明与暗或黑与白或非明暗黑白可以归纳的隐喻，再以鲜活的形象跃入眼帘，拨动心弦，实在不是一件容易办到的事！小海自然很明白这个道理。小海在自序中写道："影子并无实存，却又通过当下被关注，被追溯到我们自身——我们存在时它存在，我们不存在时它依然存在。"这里，前者是具象的影子，后者则是抽象的影子。

写作的难度，向来是考量具体作品的重要指标，无论是在思维发生、艺术发生，还是在接受美学上。说到接受审美，阅读者的不同身份，对文本还会有不同审美需求与感受。比如诗作者读诗，诗编辑读诗，诗评家读诗，诗爱好者读诗，他们的不同文化构成，不同审美经验，以及所持的不同审美角度，使得对文本的审美判断大相径庭，有时甚至互不兼容。但写作难度则是一个通用的价值取向。

《影子之歌》的写作难度毋庸多说，难就难在，它事实上极难把握。作者也觉得难。作者在序言中说,"收录在这本诗集中的,是我 2009—2010 年创作的一部近万行长诗《影子之歌》已经整理出来的部分",这意味一万行诗句中尚有许多未整理成篇。作者还说:"最后,需要说明的是,这部长诗其他的部分待逐步整理完善后,还会陆续发表并在适当的时候再次出版续集。"《影子之歌》整理出来的部分和《影子之歌》尚未整理的部分,它们谁是《影子之歌》?或者哪是主歌哪是副歌?在结构上,作者说"结构是松散的又是紧致的,可以从任何一个地方开始循环去读,当然不是古代回文诗的那种"。在文体上,还不仅仅是分行与不分行,因为有些段落不分行也是诗的段落,而另一些地方则不同,作者似乎是故意引入"散文"的段落,为何要这样?怎么才能保持整首诗的张力的紧致度?这些,都是诗人几乎没有办法去面对的问题与难题。作者采取这样的难度设置,或言之,作者把自己逼到如此困境,可见此诗之难。

我们已知《作家》《诗刊》《花城》《读诗》《钟山》《诗选刊》《名作欣赏》《深圳特区报》等都节选刊登了该诗的部分章节,这一事实似乎已经证明诗歌编辑的审美认同,此处毋庸多费口舌。

当然,无论从艺术发生角度,或是从接受美学角度,其实都还是从外围切近审美对象。那么,作为具体审美对象,《影子之歌》在美学意义上到底给我们提供了什么?

首先需要说明的是作者在写作《影子之歌》时所采取的姿态。第一遍读《影子之歌》,我能感受到作者似有一种即兴的姿态,这大约是在完成最初阅读时,觉得妙语如珠又似乎有点儿晦涩甚至散漫。或许有人会因此认为《影子之歌》与现实不是对称的关系？然而，细读文本后，会发现所谓即兴写作的姿态，恰恰表明诗歌本身就是现实的结果，当然是一种义学意味上的结果。事实上，尽管很少有人这么审视现实，如果我们留意一下历史与现实，便能发现，无论是个人还是社会，"即兴"始终是历史演进的一种基本形态。因此，所谓"即兴"并非一种人为的情态，而是现实中所发生的一切被纳入诗歌的创作过程，是诗歌与现实连成一体。由此可见，《影子之歌》的即兴创作姿态并不是一味追求形式上的抽象表现主义，而是对诗歌本质的具象化，是对现实主体性存在的理解和阐释。

深究诗人的创作姿态不难发现，这样的创作方式并非阿什伯里①式的，通过对中心的消解、实验性语言、越界的形式元素、即兴的创作等探寻诗歌的本质和主体性的一种存在。援引"逻辑的缺乏、多重的意象、诗歌形式的革新"这些新抽象主义理论，是无法或很难阐释《影子之歌》的永恒主题和终极意义的。小海在《自序》中说："影子这个意象是真正的诗歌的脚手架，建筑物一旦完工，脚手架往往就是多余的，就得拆除。"由此，可见作者所谓"建筑物"其实指向永恒主题和终极意义。这有点儿像佛陀的譬喻：渡船去彼岸，一旦到达彼岸，就得丢弃船，如果还在船上，就是没有上岸。从《影子之歌》文本所提供的艺术审美来看，作者又似乎始终以婉拒诗的永恒主题和终极意

---

① 约翰·阿什伯里，美国诗人，以其作品的后现代复杂性与不透明性知名。

义的姿态在写作。这是一个悖论，也是诗的张力所在。事实上，彼岸在彼，有时只是一个驱人前行的愿景，很多时候，我们始终是"船在海上，马在山中"。

曾有一种说法：真正好的读物，不在于它提供给你什么，而在于它激活了你什么。严格意义上，这其实是争辩双方的略带偏激的狡辩之词，因为，读者之所以被激活还在于它（作品）所提供的内容。不过，从小海的《影子之歌》可以看出，作者在写作过程中，很注意审美对象客观性，极少注入（或曰提供）一些主观意图，也就是说，作者提供给读者的不是火，而是激活度甚高的打火石。因而，有意取火者，便在这些石丛中撞击生火、传薪。这应当是《影子之歌》最具张力的地方，它其实没有给读者提供一个相对明晰的指向。而传统的阅读习惯，人们常常会有意无意地期待作品能提供一个明晰指向，这里，传统阅读经验所遭遇的一个小小挫败，恰恰是《影子之歌》的魅力所在。

其次，《影子之歌》有着一个结构庞杂也可以说是无结构的结构。这个绕口令一样的句式，体现了作者的初衷："力求使这部作品成为一个和我设想中的文本一样，是动态的、创造性的、开放的体验系统。"（序言）那么，这"动态的、创造性的、开放的"文本该有一个什么样的结构？作者没有回答，或者，如苏轼所说"所可知者，常行于所当行，常止于不可不止，如是而已矣"。而作者的期望则是"结构是松散的又是紧致的，可以从任何一个地方开始循环去读"。作者更大的抱负在于"读其中一节也能代表全部，它们是彼此映照的，甚至细节可以代表整体，是有全息意义的"。应当说，作者的这一愿景并不能完全实现，一是作者的不能，一是读者的不能。但，这一抱负却使我们读到这样一个看似松散却又紧致的文本。《影子之歌》一共261章，如果作者愿意，它也可以是162章或621章。在文体上，《影子之歌》中有分行与不分行的自由穿插，有的章节甚至只有一行。洒意与恣意，然而并非随意。许多细处貌似无理，却无理而妙。

何谓"无理而妙"？用书法绘画打比方，正楷或工笔，一旦笔法老道，工整端秀，让人读来赏心悦目，似可用"有理而妙"来形容。妙，自然是用来形容好或者很好。然而，相对于有专业阅读经验的人而言，"有理而妙"充其量只能算一般意义上的好。作为一个文学编辑，阅读视野中一般意义上好的作品绝不罕见，某种程度上，编者的阅读疲劳，绝非读到太多差的作品，而恰恰是一般意义上的好作品太多。仅从消除阅读者阅读疲劳的角度，"无理而妙"也是一剂良方。这里的"无理"应当是貌似无理，譬如书法中的狂草和绘画中的大写意。研究书法的人都知道，所有书体中唯有草书最能体现书法之法，草书中"用笔使转"即时性和"笔锋绞扭"不同态势与力度，最能展示书法艺术的魅力，而这种魅力恰恰是建筑于"无理而妙"之上。写书法的人都知道，由于草书的使转用笔与笔锋绞扭所致，事实上每一笔画都带有唯一性，可以说，任何一个草书大家都无法让他草书的每一笔画始终保持相同形态。用笔使转的即时性，使转用笔的角度、方向，以及腕部的即时力度，甚至种种随兴发挥的因素，书写者只能在笔锋的不同绞扭势态，在无法掌控的即时状态，运用自己的经验与技法，因势利导，顺势而为。这些都充分体现了草书艺术的"无理而妙"。艺术创造者需要在每一个随机出现的"无理"中,凭直觉和经验找到处置方法与应对手段,使之于情理之外产生恰到好处的张力,最后在审美接受上产生惊艳的效果。这也就是说,无理而妙,其实每一笔画都是一个新创造,每一笔画其实都走完了一个从无到有的创造全过程。这也正是作者所期望的:"读其中一节也能代表全部……"

无理而妙,不仅在于恰当的"无理"及其张力,还必须在审美意义上立得住,且具有个性与共性的审美价值趋同性——妙。这何其难!

《影子之歌》第106章:"影子在苹果树下吃梨。"在具象层面,在逻辑层面,这应当算是"无理"的句子吧。用整整一个章节,只盛下这一句话,显然不是为了强调表达的错位。

《影子之歌》第109章的副标题是:——致火柴或阿波利奈尔或成都。标题下其实是一个不分行的文字记载:

1986年,盛夏,中午,我和韩东、贺奕坐在成都街头上的大排
　档上,杨黎、万夏等诗人在烈日下请我们吃饭。
我看到餐桌上有一本《外国文艺》,翻开的那一页上有一盒火柴
　和一包香烟,火柴正好压着的是"阿波利奈尔"。杨黎喝高了
　搂着韩东说话的当口,我翻了翻那本书,有一幅诗人的速写,
　就是受伤的大兵——阿波利奈尔。
多年后……

严格意义上,这里的排列方式与不分行文字有所不同。它的段落不是首行空两格,而是次行空一格,这种空格排列,版面

上通常在长诗句转行时出现。也就是说，这里两个小小的散文段落，是用长诗句的排列呈现在读者面前。在长诗中，用诗的排列格式插入散文片断，它的作用与意义是什么？

这里就说到《影子之歌》的第三个特点：文体边界的拓阔与文体变化的追求。细读《影子之歌》，能发现这部长诗在分行文体中，勾兑（插入）了一些不分行的近乎散文的文体，这一点，应当说是作者刻意为之。

我注意到，在全诗 261 章中，这些不分行的文体竟有 31 章之多，分别是以下章节：3、6、10、15、32、36、40、44、54、57、65、71、72、73、74、75、77、78、80、88、105、109、111、132、139、140、167、171、173、175、176。

这里我使用"勾兑"而不用"插入"，是想说明，这里的文体变化不是物理状态的插入与出离，不是积木式的增与减，而是一种化学状态的溶解与渗透，是勾兑酒品式的变与化。

这些不分行的文字有这么几类，一类是叙事性强一些的文字，比如上面引的 109 章。一类是思辨型的文字，比如 65 章：

> 影子不厌其烦地说过去，总是提及过去，难道你不在现在？不在此刻？难道你不拥有现在？永远在缺席现在，恰好是现在又成了过去，未来是将到的现在，源源不断地飞驰而来，恰恰是这样，你的未来也将成为过去，或者已经是过去的一部分，未来就在过去中——

这段近似绕口令的文字,思辨中有酒意,透现哲思。

还有一类干脆就是不分行排列的诗。比如 173 章:

每一只飞过影子病院上空的鸟儿都会一个倒栽葱冲落下去。

那里可是一个城市的精神富矿。

在那片天空下,时间停滞,磁性紊乱,一个不可解读的小气场。候鸟们飞到这儿,纷纷收拢翅膀,都以为到家了,好像有个声音对它们说:结束吧,不知所终的远……

一座被自己头脑中幻想攻占和捕获的幻象之城堡。

当然,从分行诗的密度与跳跃性来看,这些不分行文字的密度略松,跳跃跨度相对较小。我们再来读这样的一些句子:

热恋与死亡 / 两个影子为我撕打(226 章)

将影子作为 / 所有不眠之夜的补偿 // 影子就成为母语(220 章)

如果,影子无比正确 / 我们也无须历经那么多苦难(219 章)

宇宙深处的一声呼唤 / 让影子的生命顿时荒芜(215 章)

梦中鞋带总是松开 // 影子独自站在身后 / 不能呼吸(179 章)

>影子像方言//方言像咒语和枯井/像一抹晚霞出现在梦乡（169章）
>
>音乐带着影子飞奔/颠簸着的人，恳求生//必须得死真是可耻（164章）
>
>用极慢速度写狂草/这个时间之神/第一次展示秘不示人的技艺（135章）
>
>影子忙忙碌碌/穿梭往来/无非为了拆散诗歌中/自鸣得意的句子（125章）

这样一些分行的诗与那些似乎松散些的不分行文字穿插勾兑，使得长诗内部的文体边界有了异变，使得长诗的密度与松紧度产生变化，并且不是那种积木式的增与减。

近年来，关于诗歌文体边界与合法性问题，是经常引起讨论的话题。讨论的范围往往局限于诗的外部形式，比如某些不分行的诗与散文怎么区分？或把某些散文进行分行处理，其内容以及审美接受有哪些变化？在长诗内部，在长诗不同章节中运用这种方式，作者是用了心思的，在序言中小海说："还有一种内在的韵律、气息、呼吸、节奏，类似京剧中独有的润腔，那是一种属于个人精神气质层面上的。"小海还说："要有掌控和调度意识，讲究起承转合，像长跑中体力的合理分配。"从读者角度，其实还有一种接受审美上的新感受，《影子之歌》跨文体的穿插与勾兑，让我想起平面形式趋于复杂、打破传统均衡感的罗马建筑，想起一些嵌入式结构的建筑设计理念，还想到柴可夫斯基一反交响曲传统布局的 b 小调《第六交响曲》，然后是高明调酒师调制而成、可以长饮的鸡尾酒。

《影子之歌》有许多匪夷所思和有如神助的异想天开，捕捉诸多似乎是"无理"的具象的"影子"，经过"无理而妙"的熔铸，产生抽象的奇迹，同时，这一奇迹还让受众形成审美认同。因此，这不仅是一个高难度的写作，也是一个并非轻易就能在接受审美上形成共鸣的作品。

正像我曾经担心那些写草书的人能否再度写下刚刚写下的那一笔，我甚至觉得，如果让灵感打个盹，我们看到的句子还是不是这样？

下面随取《影子之歌》一些句子：

影子，我们的一部分思想 / 加固着大地（5 章）
影子代表一种细腻的笔触 / 他撕碎了又画，画了又撕碎（30 章）
影子燃烧垃圾，记忆燃烧时光（80 章）
永远是影子的建筑 / 永远像一根命运缰绳 // 影子寻找一颗流浪的心（16 章）

再比如：

影子连接天堂与地狱 / 你死后，夜降临。死亡是一块抹布，抹去所有光亮与影子。影子说： / 哪怕存活一秒 / 我们也假装活着 // 整个一天，我们都假装活着 / 整个一生，我们都假装活着。（85 章）

"影子"和"思想","影子"和"笔触","影子"和"假装活着",这样的搭配在具象层面或许有几分"无理",然而,"影子,我们的一部分思想""影子代表一种细腻的笔触/他撕碎了又画,画了又撕碎",这是一些多么佳妙的"无理"!它们激活了读者的联想与抽象思维,丰富了读者的审美经验。尤其是读到"整个一生,我们都假装活着""一个淘气的孩子/点燃自己的影子玩/父亲在背后将火踩灭"这样一些诗句,张力之大,掩卷之后令人浮想联翩。

　　《影子之歌》对传统审美阅读经验构成挑战,同时,又注入新的带有某种精妙的"无理"因子,使之构成另一种不一般的审美经验。如果说,"小时候,/我常常在院子里踩我的影子,/兴奋地大喊大叫"还是一种宽泛的审美经验,那么"在异地老去的晚年,/影子像一条易主之犬/又认出旧时的小主人/泪水涟涟,失魂落魄"已经是比较特别的审美经验。而在这里:"正午,反向倒下的树影弹回/迅速焦化成脚下的/一只乌鸦,背着木炭……""影子们来了,时间向他们弯腰屈膝,成为顽石。/影子的锁链牵引着——"显而易见,这里的审美经验挑战甚至颠覆了传统阅读审美经验。对于一般的诗歌爱好者而言,这样的阅读经验,也才是真正有益的。如果诗歌与其他艺术一样,都需要受众,事实上,应当让更多的好诗进入他们的视野,通过撞击生火,丰富诗歌审美经验、取火传薪。

　　回到前面引到的第 106 章:"影子在苹果树下吃梨。"整个章节就只有这一句诗。在具象层面,苹果树下吃梨,似乎有点儿不合逻辑。然而，我们只要略微回身反顾一下我们走过的路，看一看、想一想我们生活的环境甚至我们使用的语境，就不难发现，这许多年，我们每时每刻的具体生活中，在"苹果树下吃梨"的事情不要太多！

再比如：

乌鸦在田野上／胡乱画着木匠的墨斗线／麻雀们像灰钉子撒在田埂上／等待雨水后生锈（95章）

杯子跌落在空幻里／盲目的窟窿／感觉到一个透明的幻影／像它一样，活着／但是弃权（67章）

一切权力归影子／／日出之前，你已成为历史（53章）

影子是他活着的墓碑／一个裸体的男人／待在纪念碑一样的阴影里（51章）

《影子之歌》中，这样的由具象到抽象的好诗句实在太多，举不胜举。具象层面的"无理"在抽象层面被合理回拨，发人深思。

至于"一头水牛／在明镜般的水稻田里吃草／动作缓慢／它是天上影院放映时的悠远背景／——无人阻止它做自己想做的事情／世界需要耐心和静止的冲击"（49章），我甚至读到了灯下高度近视的小海伏案的身影。

我的文学工作经历所形成的阅读经验，令我有可能以诗人、编辑、诗歌爱好者不同阅读身份与角度去阅读《影子之歌》。此刻，当我试图用评论者的视角去接近、去理解，我突然发现，小海的《影子之歌》正是一部不可多得的、可以为不同审美需求"通分"，并且在建构新审美经验上产生积极效应的好诗。

我曾经固执地认为，好的诗作可分成一般意义上的好诗和特别意义上的好诗。记得艾略特在一次接受采访中，当被询问到什么才是重要的作品时，他这么回答："要是作品同时受到有鉴赏力的年轻人和老年人的垂青，可能就是重要的作品了。"艾略特是从不同年龄的接受角度来说。同样，从不同的阅读者身份来说，是不是也可以这么说：如果一个作品，能同时被不同阅读身份的人，比如诗人、编辑、诗评家、诗歌爱好者都喜欢，那一定就是我想说的特别意义上的好诗了！

在诗歌现场，到底有没有一种能被不同阅读身份的人都认同的文本？这其实是在问到底有没有一种关于审美价值的普适标准？如果从人的生命的由来与生命的目的往深处探究，佛教对生命的阐释是指："'可能的存在'——也许存在，也许不存在，但存在是可能的。"这显然是另一个话题。但诗歌审美的普适标准是不是也可以这样指认，尤其是新诗这种诞生时间不算太久远的文体，而大众审美经验还因为诗教的缺失以及时尚媚俗的误导，尚有待健全与丰富。我们尤其需要有好诗作为审美范式，在此基础上，建构新审美经验，形成新历史时期的诗文化传统。

汉诗语境下的新与旧

2017年见到韩国汉学家宋载邵（止山）先生，聊天中，他问我中国现在写汉诗的人多不多。能听明白，他说的"汉诗"指旧体诗。字面上，把汉诗与旧诗画等号，新诗就到了汉诗外面，作为一个写新诗的人，窃以为这种表述不准确。

国际交流多了，诗作被译成外语的概率也增加了。起初被译介的是新诗。随着交流的深入，不少外国朋友索要书法作品，于是就有一些旧体诗译作在传播。忽然发现，在国内争来吵去的新诗旧诗，一旦译作别的语言都是自由诗，形式上无任何差别。而形式曾是我们衡量新诗旧诗的标尺之一。站在对方的角度，译成他国语言，无论新诗和旧诗都是汉诗。而且，就我接触到的外国诗人朋友，他们对不太好译的旧体诗译本似乎有更多追寻异质感的兴趣。

我写旧体诗是在习写书法之余，而书法又是我在习写新诗之余。因此，具体到个人身上，旧体诗写作是我新诗写作之余的之余。幼承庭训，很小我就懂得旧诗格律。接触到新诗，这才明白，我幼时学的那些东西，充其量只是写旧诗的游戏规则。规则与诗根本不是一回事。何况新诗已打破了所有规则，幼时学到的那些音韵知识，被搁到了箱底，没想到它还会回到我的生活中。

缘于健身。据说书法可以锻炼身体，在我还不太老的时候，决定恢复写毛笔字。写诗的人写字，总想让自己的诗成为书写内容。我却写不了自己的新诗。可能我幼时受教的书法之法，与旧诗的平仄音韵息息相关，渐渐也就懂得古人为何总把书法称作"诗之余"。书法的气韵律动确实与书写内容的音韵节奏有着密切关系。源于此，2019 年 10 月应邀访问美国新英格兰学院，我做的学术报告题目即是《中国书法与汉语诗歌》。

真去写旧诗，这才发现新诗写作经历对于旧诗写作的用处很大。早年废名在北大做《新诗十二讲》，讲到新诗与旧诗的区别。废名那代人，讲新诗旧诗比较容易讲到点子上，毕竟他们旧学底子厚，又学贯中西。废名新诗也写得好。不过，他们那时候，新诗还是时髦的话题。今天不同了，新诗正经八百地坐上了交椅。关于新诗，今天什么都可以说，就是说不到时髦。那么，把中国新诗置于汉诗之外，或者，现当代中国诗歌史竟然没有鲁迅、陈寅恪、郁达夫、聂绀弩等人的旧体诗，总归是一种缺憾。在世界范围内，在历史语境中，其实没有新旧不能通融的道理。说话间，一百年过去。新诗写了一百年，旧体诗也写了一百年，新旧之间却始终隔着一个藩篱。这个藩篱是我们自己设的。按照废名的说法，新诗讲究诗的感觉，旧诗讲究诗的韵味。那么一百年写下来，能不能让旧诗也多一点儿"诗的感觉"？或者让新诗也多一点儿"诗的韵味"？废名早已不在，这话不可能是他说的，也不能当理论去看，在写作过程有领悟，或许有帮助。

我写旧体诗略带了点儿游戏心理。毕竟它的形式要求太繁冗，免不了约束自由。不过，审美样式的"式"总还是必要的，尤其是诗歌。席勒在《审美教育书简》中曾说："审美的游戏就是形式的游戏。"写旧体诗，要关注现代语言环境，不能被形式束手束脚，尤其重要的是必须在作品中体现现代人的生活方式和思维方式。因此，旧诗与新诗只应该是诗体之不同，旧诗不"旧"或"格老意新"，是说并非只有新诗才讲究现代性，旧诗同样要强调现代性。二者相加，大约便是汉诗的现代性了。或者说，现代汉诗有新体与旧体两种不同诗体，如此而已。

关于新诗，说的人太多，我就不说。旧诗我是新近写的，有新鲜感，说点儿我习写旧体诗的心得体会吧。

我不太认同泥古式旧诗，熟读唐诗三百首，成文时引经据典，遣词造句也只能在古人诗词中找到对应物，这样的诗，不脱离现代也脱离现代。我也不认同过于口语化的所谓旧诗，以为说句大白话就是现代性，未免太肤浅。

以我对新诗的理解及体会，旧诗也一样，诗的内容始终是第一位的。对旧诗而言，内容第一，不是不要形式，而是形式必须服务于内容，且不能是生拼硬凑的形式，以为凑成一定的形式就是诗，这是误区。我们可以说不符合格律不是旧体诗，却不能说符合格律的内容就是诗。

我的旧体诗的最初读者几乎都是写新诗的朋友。写旧诗给写新诗的人看，必不能泥古，也不可做作，因为新诗的本旨就是让人不做作。我以为，衡量旧诗写作具不具备现代性，有一个参考值：具有新诗审美经验的人，读了你的旧体诗能认同、欣赏，如果还会点赞叫好，其"现代性"也就大差不差了吧。

我写旧诗，有这么几点：基本不用典；注重现代语境；借鉴通感、象征、隐喻等新诗的技法。

诗词写作中，用典人每有一种学富五车的自许。问题在于，今天的读者谁能读那么多典籍？真用典也得用现代人易于识别的典故。

注重现代语境，尤其重要。生僻的，晦涩的，如今已经很少甚至不再使用的词汇，切莫碰它。事实上，前人那些传诵千古的诗，在现代语境中，依旧没有生僻晦涩之感，如"白日依山尽，黄河入海流""野火烧不尽，春风吹又生"。今人即使不想做今人，至少也得靠近那些会说明白话的古人。

新诗运用通感、隐喻、象征等技法很常见。写新诗的人读到"谁将夏夜织成网，捞取蛙鸣蓄水塘""系舟南岸诗烹酒，引笔醉书花点灯""云来水上留新影，酒在壶中忆旧吟"这样的句子，一点儿也不稀奇。没有写新诗经历的人，读到这样的句子不免有点儿诧异，甚至还有人疑问：诗怎么烹酒？花如何点灯？蛙鸣怎么捞？酒怎么吟？一串疑问下来后，细细体味，又觉得这样表达也挺好。久而久之，我的旧体诗习作，竟然也得到一些写旧诗的人的认同。得到他们的认同也不易，首先得确定我没有在格律上犯规。尽管写给新诗朋友看的旧体诗，也被写旧诗的朋友所认同，我自己知道，这是种豆得瓜，无心插柳，也不值得特别欣喜。倒是由此联想到，旧体诗的写作一样可以学习新诗的技法，也可以"现代化"。如果它同时还能遵守旧诗的规矩,保不准今天的社会环境中,今天的语境下,旧体诗依旧有用武之地。

《星星》诗刊拟开辟一种特别的栏目,把新诗和旧诗装进一个筐子。这是个好主意。把新诗与旧诗分开说,说的时间也长了,而且,像鲁迅、陈寅恪等人的诗作,是有目共睹的诗歌史实,将来的诗歌史怕也绕不过去。尤其是,越来越多的文学人士在思考,现代汉诗是不是可以新体与旧体并行?这是一个大题目。再大的题目总得有人开题。走过一百年历程的中国现代诗歌,站在新的历史起点,恐怕也真得考虑如何再往前跨一大步。但愿这一大步是从今天开始跨出去的。

在山的高处

梦见与范小天一起爬山。在山的高处,我俩坐在侧对的两个石块上,似乎在讨论到山顶那一段还要不要爬完。醒来,有点儿惊悚。夜很深。想起1993年我俩去爬峨眉山,20年过去了。20年前才三四十岁的我们,一丝犹豫也没有,手脚麻利地攀上峨眉山的金顶。

2012年2月18号,我在去太仓办事的归途,到小天的拍摄基地去看他,聊起前几天做的梦。我跟小天还说了这样的话:生命越走越短,路越走越长。小天靠在沙发背上,含蓄地笑,略带点儿居高临下看着我。"要不要爬上山顶?"其实是做梦人我的潜意识。生活中小天绝不会有这样的犹豫。

本质上小天是一个义无反顾的人,他认准的事谁也改变不了。这一秉性如果生在战争年代,让他去攻城拔寨而上天又恰好给他一些好运气,他完全可以成为一个了不起的将领。或许有人认为战场上的胜负需要老谋深算,需要张弛有度,这都是来自战场之外的推想，在真正的战场上，义无反顾才是取胜的首要条件。也许，在小天眼中，我身上也有坚韧的一面，因而，当我跟他谈起梦，谈到梦中流露出的犹豫，他笑了，那是一种赢棋之后的笑，略带点儿矜持又掩饰不住些许得意。他想必认为我并没有他想象的那么坚韧。

小天的这种笑容，我见过很多。20世纪90年代初，我们在《钟山》共事，作为当时主持工作的副主编，他是我的直接领导。小天的矜持，往往表现在他"赢"了之后。工作，决策，讨论问题，或者干脆下棋，小天"赢"了之后，脸上总挂着这样的笑容。

小天在工作与决策方面确有独到之处，尤其在办杂志方面。说实在的，当年的《钟山》能在文坛有那么大动静，在圈内享有盛誉，小天可谓劳苦功高！小天思维敏捷、言辞犀利，对人与事敏感，又是急性子，做他的部下极具挑战性，而被小天领导过且能得到他的赏识、褒赞，则无疑是对一个人能力的极高评价。大凡人活在这个世界上，必然会有一些坐标来界定你的方位，或言之，人与人总是相互参照着彼此的坐标。从相识到今天，小天始终是我的一个坐标，不夸张地说，他的存在某种意义上不断修正我人生坐标轴上的方位。小天对我，经常采用的策略，是当我优点不是很多的时候，他绝不吝惜褒赞，另一些时候，当我沾沾自喜时他也不吝惜贬损。从我的角度，从结果来看，这于我倒真是得益颇多。

小天的性情，在他的小说中有极充分的展现。读他的小说同样具有挑战性。文学阅读中作者与读者之间不是一种在场关系，作者必须也只能通过小说文本来影响读者。尽管如此，重读20多年前读过的小天的小说，我依旧能感觉到作者咄咄逼人的气势。

20年前，我差不多读过小天的《青楼》《桂花掩映的女人》《儿童乐园》等几乎所有中短篇小说。我曾认为范小天的小说似没有得到应有关注，隔了这么多年，重读他的小说，我依旧觉得他小说的文本价值与对他小说的关注，不相称。

作为一个曾经的小说编辑，有过成天把自己埋在纸堆里淘好小说的经历，看到好小说眼睛发亮几乎是第一生理反应。小天的小说，让人眼睛陡然一亮的篇章委实不少。即便那些几乎是很少有人读过的篇章，比如《扑朔迷离》《三套车》，今天读来依旧不得不叹服。当时间无形中增加了阅读距离，当岁月的增长改变了阅读者的文化素养与阅读经验，他的小说文本中不时迸出的闪光点，依旧会照花你的眼睛。

从前，河娜的家在船上。

二十多吨的木船，破旧得像个风烛残年的老头。船板像是老头枯槁皱裂的皮肤。

河娜的爹将一根粗大油亮的竹篙插到水底，右肩顶着篙子，沿着巴掌宽的船帮，一步一步向船后走，船就像是从他的胳肢窝底下钻过去，顺着浑浊的运河，缓缓向前。

河娜说："爹在船上，就那么向后走了一辈子。"

后来，河娜的傻×哥就学他爹，踩着窄窄的船帮向后走。

后来，河娜的傻×弟也学他爹，踩着窄窄的船帮向后走。

这是小说《扑朔迷离》中的一个章节（第四章），过了20年再读，这段文字依旧让我震撼。当我读到"就那么向后走了一辈子"和"踩着窄窄的船帮向后走"，其中的张力让人联想到许多东西。事实上，生活中的人，都像那船夫，用肩膀顶着船篙，沿着窄窄的船帮，一步一步，向后走，向后走，走到最后是死亡。而船的行走方向则在我们的身后，"从胳肢窝底下钻过去"。这是一幅永恒的画面：一代代活着以及仍在不断降生的人，都将采用这种姿势，走完他们的人生之路。这么短的章节，这样具象地写船夫的一段描写，竟具有如此魅力，感动与震撼隔着20年时间之岸两个端点的我。

在故事层面，《扑朔迷离》并不扑朔迷离。小说第一章只有一句话："河娜是初二那年出事的。"小女生河娜无端怀孕了，在周边那些尚不谙人事的孩子眼中，这也许是难解的题目。而在成人世界，在办案人那里，心里未必没有一个大致的指向，或许他们想追究的也只是坐实这一指向。随着小说情节线的延展，"乱伦"作为故事层面一个核心事件逐渐露出水面。

但在心理层面，不细读的人会忽略其中真正"扑朔迷离"的东西。显而易见，如果让小说停留在道德评判上，或者设计出许多障碍使最终破案成为叙事目标，只能是一个一般化的小说。大约出于对误读的担心，小说叙说人（"我"），在第十四章发了一通议论:"我想,人活着大约都有个精神支柱。河娜爹的精神支柱是肩膀顶着竹篙……亚马爹做了一辈子干部……爹的精神支柱是破案……"这通议论关乎小说的走向,很重要,它甚至从深处改变了故事发展的意义。

其实,有前面说到的生命本质的图像作为大背景,细心的读者还是能读明白,作者不是单纯在写一个关乎道德伦理的事件,也不仅仅是为了写一个破案的故事。

从具体生存的角度切入,我们可以看到一个更深刻的命题,那就是每个具体生命都是一个能量源,而人的存在,某种意义上就是释放生命能量的过程。因而"撑着一根船篙,一步一步,向后走……"是生命存在的图像,也是生命存在的必然。当河娜爹离开了船,船篙就不再是释放生命能量的途径,亚马爹从干部岗位退休以及父亲不能再像过去那样办案,他们的能量释放就只能另辟蹊径。

也只有从这一层面去看小说开始时对河娜家、对河娜爹的描写,看小说里的"乱伦"事件,才能充分理解作者的所指与初衷。

河娜家在镇南边,靠着芦苇丛生的绿色湖滩。

我们把河娜的家叫作鬼脸儿。

鬼脸儿是黄泥垒的,鬼脸儿戴着一顶枯黄的大草帽。鬼脸儿一年四季瞪着两只黑窟窿眼睛。鬼脸儿从早到晚张着方方的黑嘴,吞吞吐吐河娜一家七人。

黑嘴里黑咕隆咚,弥漫着酒味、尿味、霉腐味。

你往里瞅瞅，就只能看见旮旯里一双充满血丝的眼睛。河娜的爹就坐在那里喝酒，深垂着头，翻起上眼皮，从眉毛缝里看人。像动物园里的狼。也像狼一样不说话。

亚马说："你爹每天喝酒呀。"

河娜说："爹撑了一辈子船，现在撑不动了，靠酒挨日子。"

....

小说深刻之处，在于它揭示生命的存在对于生命能量的释放其实无自卫能力。无论是河娜爹的乱伦，还是亚马爹的近乎疯癫地在街头唱歌，甚至"我"父亲找出无数理由来体罚自己的小孩，生命能量的释放不可被遏止，常规渠道受阻，还将通过改道甚至错位的方式去宣泄。

个体生命能量的释放，可以创造也可以毁灭，可以对他在产生有益或有害的影响。越是身居高位的个体生命，其释放生命能量的影响力越大，甚至会影响一个历史阶段，殃及无数生命。从这一命题出发，我们完全可以对历史、战争，以及有史以来所有事件与人祸做全新的阐释。这时，我们再来看这个世界上种种灭绝人性的罪恶，其原始动机实质是那些独裁者利用专制政体病态释放与畸形宣泄他们的生命能量。

从小说《扑朔迷离》中"我"所理解的"扑朔迷离"，作者的所指，或许是这样一些东西。因此，《扑朔迷离》中的"乱伦"不妨也可以看成是一个隐喻：藏在"鬼脸儿"屋的河娜爹，完全可以被放大成希特勒或其他什么历史名人,那时他们的生命能量的畸形宣泄,所造成的危害就不是"乱伦"事件所能比拟。

在这里,我们可以看出作为小说家的范小天,与许多擅长叙写事件、再现生活甚至讴歌英雄的小说家有多么不同。单纯从小说文本来看,小天未必做到了最好,但他刻意追寻生命与生存的动机,以一颗敏感的心,对生命与存在的苦难,有着极敏感的痛点。这无疑不是一般小说家所具备的气质。有那么一阵,我合上手边的小说集,想,小天后来选择不写小说是否一种错误?

小天的小说可圈可点的篇章很多,为了避免重复,我略去一些我曾经极为喜欢的篇章,比如《桂花掩映的女人》《布鲁卡的脑》《儿童乐园》《青楼》《杏黄小楼》……纵览小天的全部小说创作,无论是小说的题旨还是小说的表达,或是关于小说写什么与怎么写的问题,20年前的小天,已经做出非常好的回答。

那么,到底是什么影响他继续在小说写作的路上走下去呢?我想过这问题。也许是眼高与性急,妨碍了小天的继续前行。作为20世纪80年代的名编,小天的眼高圈内知道的人甚多。相对于任何一种艺术创造,眼高无疑是首要条件,眼高是天分,训练不出。因此,当人们在说某个人有艺术天赋,首先是在说他有一双好"眼睛"。眼高会让他看到许多不太满意的作品,也会让他对自己的手不满,这是眼高的弊病。还有性急。小天胜负意识强,生活中有时咄咄逼人,而小说文本提供的与读者的交流,与实际生活应当有所不同。因此,当我一边为小天小说所呈现的现代意识、为其中传递出的急迫与焦虑所撼动,一边也觉得他应当让他的阅读者多一些从容。我曾经想过,如果小天小说的大调子稍稍慢一点儿,如果他不是时时在寻求一剑封喉的奇招,那他一定是一个非常可怕的小说家,是一个置身于中国最牛的小说家阵容中也毫不逊色的小说家。

再就是孤独感。这也是眼高、心志高的衍生物。在小天那里,也许曾为觅不到一个知音而痛苦过。许多小说在构思与叙写过程中,有自己的所指,但当作品完成,成为一个他在,在所指与能指层面,在知与行的契合程度等方面,出现了某些偏差。这时,不能被理解的孤独感,常常会缠绕一颗极度敏感的心。

也许还不只是这些,也许这些只是我的揣测,可我们所走过来的路就是一个人的命,又有谁能改变得了自身的命?

范小天转身去做影视了。这里也许得用上华丽转身这个词,显而易见,在新的领域,在今天的大社会环境中,他依旧是一个不可多得的成功者。影视叙事的空前发展,既挑战小说文体写作,也从另一角度推动小说文体写作。归根到底,影视叙事也可视作小说叙事的另一种延展。

从另一个角度,去看小天的离去也很有意味。有一首诗是这样写的:

> 鸟落在草丛里
> 草丛就给鸟让出一条道
> 让鸟在其中自由来去
>
> 月亮升上天空
> 大地就给月亮让出了东山

> 天空就给月亮让出了一条曲线
> 西山就在曲线的另一边等月亮落下去
> 西山等啊等
> 西山上的霜白晃啊晃
>
> 前前后后，我是谁让出的一部分
> 然后看不见对方呢？

给范小天写这篇文章时，我突然想到这首诗。回首当年，享誉文坛的名编范小天年轻得志、名满天下，而当他痴迷小说写作且卓有成就时，许多今天受人追捧的小说家，都还是一些没落草的鸟，小天的离去，有点像"给鸟让出一条道"的草丛。回首当年，我因为小天来到南京，走在秦淮河畔看月亮，而小天却最终离开了南京，又有点儿像"给月亮让出了一条曲线"的天空。

那么，范小天又是"谁让出的一部分"呢？我们，所有人……

渐东方既白,又对朝阳
——读蒋定之诗词集《垂袖归来》

关于旧体诗难写,许多人从不同角度讨论过,比如形式要求、语言变化,时代精神与现代语境的变迁等,众说纷纭。有两个原因似乎少有人涉及,一是旧诗写作的审美坐标体系,二是旧诗写作的文化生态。

一般而言,做审美价值判断,得有一个参照坐标体系,譬如规与圆,矩与方。自《诗经》始,中国诗歌历时数千年,涌现了屈原、李白、杜甫、苏轼等伟大诗人词家,积淀了许多优秀作品,形成了丰厚的诗歌传统,这是中国诗歌文化传承发展的宝贵资源与财富。但是,相对于当下写作,过去的富有未必全是写作者的优势。如果写来写去总觉得无法超越前人,写作动力会锐减或难免去"别立新宗"。这也就是说,后人如果觉得难以超越前人,在心理层面就不占优势。回望从唐诗到宋词再到元曲的发展历程,几乎所有诗歌文体变化,一定程度上都反映了"影响的焦虑",是写作者心理在继承发展过程中的折射。

旧诗写作的文化生态与现代艺术创造的发生原理也有所不同。这也是旧诗与新诗根本不同之处。旧诗写作除了以情生文,比如言志缘情、感时抒怀,还有游兴旅记、赠答酬唱、题画行令这些"以文生文"的生态。某种意义上,旧诗写作还是一种文化人的交流方式与途径。孔夫子的"不学诗,无以言",说的便是:不写诗的人怎么去言谈与交流?

如果把今天的诗词写作,置放于唐诗宋词的历史照壁前,其参照坐标委实太强大!正如蒋定之《沁园春·读全唐诗》跋中说:"集两年时间读《全唐诗》,深受震撼,同时亦感吾辈语言苍白矣。"今天的写作者很多是在职人员,在一个信息化、多媒体的时代,事务冗琐,信息庞杂,让一个现代人像古人那样,静心宁神"格、致、诚、正、修、齐、治、平",逍而遥之"读万卷书,行万里路",殊为不易。且习不习诗与文化人之间的交流,也基本不再发生关系。故,在诗词歌赋、笔墨丹青这些范畴,今天说谁谁不输古人,那可是一句了不得的褒语。

因此,在当下,每当看到让人耳目一新的诗词,自然便生出钦羡之情,且由此能感受到即便在当下,依旧有诗家知难而进,在继承和发展中国传统诗歌方面做出巨大努力。

展读《垂袖归来》,有许多惊喜,作者对传统诗词的继承与发展,有自己的思考与践行。下面是蒋定之的《沁园春·读全唐诗》:

十卷全唐,万首诗长,夜伴壁光。对飞英列韵,访李太白;踏韩柳印,过孟山庄。短阕长篇,铿金锵玉,击节昌龄七绝章。歌吟处,更寻阳春曲,都是衷肠。

神来难免生狂,拍案读千年书话长。这尘编集里,惊风泣雨;神工鬼斧,幻化非常。我觉其间,与之邂逅,今古灵犀一炷香。书未了,渐东方既白,又对朝阳。

好一个"书未了,渐东方既白,又对朝阳"。有道是:"日中则昃,月盈则食,天地盈虚与时消息。"人生如是。然而,太阳起落,周而复始,暗夜过去是黎明。

蒋定之诗词,熟稔传统,诸如"声柔水软绿芳洲,树密春深映角楼"(《过苏州太湖湿地》)、"芳香晚发待秋风,行客楼台古寺空,一角云亭烟雨中"(《忆王孙》),其意韵气息,趋尚唐宋;再如"雨去西村荷叶小,斜照,几枝新竹立墙东"(《定风波·芦村漫兴》)、"愿挽清风南北去,轻履,雨收云断满天星"(《定风波》),其遣词运调,雅而脱俗。

尤为可贵的是,蒋定之诗词能依据古今之不同,于继承中求发展。孙过庭曾说:"贵能古不乖时,今不同弊。""古不乖时"当是继承传统最可贵之处。蒋定之除了传承言志缘情的传统,学习前人的达意传神,还把"真人白话"当作自己的追求。应当说,"白话"既是时代变化之必须(比如现代汉语取代旧时文言,比如今人的经典阅读相对匮乏,用典太多一定程度上会妨碍阅读欣赏等),也是旧诗写作的难点。从具体作品看,蒋定之已有不俗表现。请看"斜阳里,访仙风道骨,一两三杯"(《沁园春》),"一两三杯",遣词不俗。通常的语言习惯,一两杯或两三杯,这里突然组成"一两三杯",产生阅读陌生感,且出新不求异,令人叹服。还有"两袖清风渔市行,价高暗自惊"(《长相思·家山行见闻一》)和"闹处人多安静少,含笑,为君援笔到灯前"(《定风波·黄岭遣怀,并寄友人》)。这里的"价高暗自惊"和"闹处人多安静少",以白话入诗,似未令雅调降格,倒别有时代气息,雅俗共赏。至于"范蠡三迁千岁除,笑他魏蜀吴"(《长相思·家山行见闻二》)和"岁晚唯求自在身,老墙根,平步池塘月一轮"(《忆王孙》),更是把"魏蜀吴""老墙根"这样的方言俗语直接用于诗词。

在蒋定之诗词写作中,如此的创新还有很多,这是他对"真人白话"的践行,不一一列举。当然,在运用当下语汇或表现时代精神方面,旧诗词也自有它文体的局限,在用韵与构词方面,有时也会力所不逮。因此,"今不同弊"也应是继承与发展需要重视的问题。

与作者不熟,只能从文本出发,谈点儿阅读印象。不过,读书知人。孟子曰:"颂其诗,读其书,不知其人,可乎?"

在"五四"一百年之际,与《垂袖归来》一书相逢,感慨良多。近年来,传承中华优秀传统文化得到前所未有的重视与强调,这其实是一种回归的诉求。如今,许多地方,许多人,都争着使用"传承中华优秀传统文化"这一概念,这很能说明问题。本质上,在文化层面回归中华民族优秀传统,已是不可违逆的共识。当然,不可否认,也会有人只把这一概念作为应时的标签、符号、即时贴，援引用于说教，用于指派别人去做。

窃以为，唯有"礼敬"二字，发乎心，律于己，优秀文化传统才能真正源远流长。"垂袖"向有礼敬之意，"归来"著诗词，也暗合孔子"咏而归"之衷。因之，由《垂袖归来》诗集的命名，我能体会一个文化人的角度：面对历史与现实，我们不能放弃自己的思考，文化复兴，我们首先指向自己，所谓"发乎心，律于己"。

"垂袖"礼敬，好就好在它正是这么一个姿态。"归来"何处？读完这本诗集，作者的用心，不言自明。

从"互文性"角度看集句诗
——以罗辉集句诗为例

语涉集句诗,每每绕着走,若不是罗辉先生集句诗创作,我可能依旧会绕过它。理由也简单,集句诗于我,仰之弥高,望之生畏。此处"高"主要指难度高,"畏"亦畏其高难度。且看王安石《梅花》诗:

> 白玉堂前一树梅,为谁零落为谁开。
> 唯有春风最相惜,一年一度一归来。

如此浑然天成、哲思隽永、意味深长的一首古体诗,所有句子系集取唐人蒋维瀚、严恽、杨巨源等人诗句,由王安石剪裁缝合而成。这缝合是不是"天衣无缝"?这剪裁是不是"浑如己出"?关于好的集句诗,清儒施尚白曾有评价曰:"吻合浑成,工若己造。"乾隆时期潘槐堂在《选楼集句序》中也写道:"正如天衣无缝,灭尽针线痕迹。"说的也是集句诗应有境界。

古人没有网络、没有百度,读书用蛮力,读过的书大抵能背出。即使到了民初,新文化运动时期的文学大家,也大都是这样读书的,据说鲁迅背过《纲鉴》,茅盾能背诵《红楼梦》,张恨水能够背诵《论语》《孟子》《诗经》《古文观止》等。因为有读书即背书之大前提,前人说的学富五车,非载了五车竹帛跟着,指读到肚子里的书可车装船载。"熟读唐诗三百首""一目十行,过目不忘"也因此而来。钱谦益评价友人的集句诗,赞其"取诸腹笥,不待简阅"。腹笥者,肚子里的书;简阅者,考证查阅。"作集句诗,全凭记忆",譬如把肚子里的书倒出来晒晒,找些合适的句子,剪裁拼装,表意及物,浑如己出,这何其不易!《梦溪笔谈》记写王安石:"荆公始为集句诗,多者至百韵,皆集合前人之句,语意对偶,往往亲切,过于本诗。后人稍稍有效而为者。"译作白话大致是:王安石集前人诗句写过百多首集句诗,语意和对偶,竟比原诗更为融洽与贴切。集句百多首,王安石肚子里得装下多少诗书呀!

这大约是我心虚总想着绕过集句诗的理由。也是最初看到罗辉的集句诗创作,特别钦佩之处。历史上,喜欢集句诗写作的多是饱读诗书的高人,像王安石、苏轼、司马光、文天祥等前贤,他们不仅具备"取诸腹笥,不待简阅"的实力,某种意义上也有挑战写作难度的潜在心理。苏东坡在《次韵孔毅父集古人句见赠五首》诗中就略带自豪地写道:"世间好句世人共,明月自满千家墀……用之如何在我耳,入手当令君丧魄。"诗中,苏轼对他集句诗作品还有如此评价:"前生子美只君是,信手拈得俱天成。""千章万句卒非我，急走捉君应已迟。"可见苏轼对他的集句诗创作非常自得，苏轼的自得大约基于对信手拈来、融会贯通的创作能力的自信吧。

罗辉的集句诗还有一个明显特点，是他大都用来次韵唱和，这就使得他的集句诗，难度更高，至少需克服三重不自由。将格律诗与自由诗相比较，前者自有诸多不自由摆在那，这是格律诗的前置条件；用别人句子来表达自己想表达的意韵，呈现不同于前人的诗境，是第二层不自由；最后，罗辉还常常用集句诗来次韵唱和，次韵是严格用别人的韵字来结句，而用来次韵结句的还又是前人的句子，找到这些能表达自己意思的诗句，将其"天衣无缝"地置放于合适位置，"浑如己出"地表现诗的审美意境，且一一对应音韵格律要求，可见得多么的不自由。难！

且看罗辉是如何克服这些不自由，攀登高难度的：

小石流空野，寒云在远村。（《集句同步苏轼原玉》）

这样的诗联，意境美不美？前一句出自明代卢楠，后一句出自五代左偃，结句用的是苏轼的韵字。

再看罗辉《读"梅"寄语》：

月影摇波碎未沉，高情犹向碧云深。
迎春雪艳飘零极，幽谷孤芳尔独贞。

诗中，月光如水，朦胧月色下梅影摇曳，似波影晃荡，而折射的银光犹如细碎水纹，在水面浮漾。天水一色，梅树耸立于百花齐黯的冬，雪梅共舞，为迎接春的到来，而春天来了，百花齐放，梅不争春，孤芳独贞。该诗一至四句分别为宋张明中、唐刘禹锡、唐王初、明邓云霄的诗句。结句用的是郭羊成诗的韵字。此诗特别能佐证罗辉"集句于人意于我"的理念。下面查检四家原诗录于后，读者可比照阅读，本文不作评论：

张明中诗：

月影摇波碎未沉，洒将叶底簇成林。
却移右毂傍边看，筛尽西风无限金。

刘禹锡诗：

扬州从事夜相寻，无限新诗月下吟。
初服已惊玄发长，高情犹向碧云深。
语余时举一杯酒，坐久方闻四处砧。
不逐繁华访闲散，知君摆落俗人心。

王初诗：

迎春雪艳飘零极，度夕蟾华掩映多。
欲托清香传远信，一枝无计奈愁何。

邓云霄诗：

> 楚客香传九畹名，西轩栏槛最留情。
> 当门弄色人争妒，幽谷孤芳尔独贞。
> 冷翠迎秋襟袖薄，淡妆团露梦魂清。
> 同心入室今何在，岁晏怀人别恨生。

在前人的"现成句"中注入自己的审美情趣，使之溢出原诗意趣本旨，生成自己的审美意象，仿佛这前人的句子也正好是自己想到的句子。在《集杜诗自序》中，文天祥曰："凡吾意所欲言者，子美先为代言之。日玩之不置，但觉为吾诗，忘其为子美诗也。乃知子美非能自为诗，诗句自是人情性中语，烦子美道耳。"不仅如此，罗辉在《集句于人意于我》文章中还说道："让特定意境中'现成句'变成创新意境中'鲜活句'，并通过选择与组合，将不同诗句用作'诗典'，创造出新的审美意境。"

这让我想起早年读过的"互文性"和"互文性理论"。"互文性"非修辞学意义上"互文"，后者只是一种修辞手法。在文学研究领域，"互文性"（intertextuality）一般指不同文本之间的相互关系。这一概念最早由法国符号学家茱莉亚·克利斯蒂娃（Julia Christeva）提出。茱莉亚·克利斯蒂娃认为，一个文本总会同别的文本发生这样或那样关联。据此可以认为："互文性"包含了某一文学作品对其他文本的引用、参考、暗示甚至"抄袭"等关系，以及超文本的戏拟和仿作等手法。罗兰·巴特（Roland Barthes）更提出，任何文本都是"互文本"，严格意义上"每一篇文本都是在重新组织和引用已有的言辞"。话说到这份上，联系具体作品，还真的是这样！严格意义上，任何一个文本，其中所有文字、词汇、语言表达的方式甚至阅读习惯，都不能算是原始意义上的"独创"，因为一个人不可能独自创造出文字、词汇、语言表达方式来完成一个"全新"文本，某种程度上，个人的创造只能是使用既有的语言材料，建筑一座既包含个人意蕴又可与他人共享的文本大厦。

罗辉有诗曰："集句于人意于我。"何为"意于我"，学而化之是也。姜白石诗："花鸟暮年心。"显见化用了老杜诗句："老去诗篇浑漫与，春来花鸟莫深愁。"姜夔借用了杜诗之意，又丝毫没有模仿的痕迹。前人中，这样化用前人诗句的甚多，更不用说意象、词汇。晏几道名词《临江仙（梦后楼台高锁）》，其中"落花人独立，微雨燕双飞"两句，十分高妙，却是移植。此二句最早出现于唐末五代诗人翁宏创作的五言律诗《春残》中："又是春残也，如何出翠帏。落花人独立，微雨燕双飞。寓目魂将断，经年梦亦非。那堪向愁夕，萧飒暮蝉辉。"杜甫化用前人作品也不在少数，如："薄云岩际宿，孤月浪中翻。"此化用庾信"白云岩际出，清月波中上"也。李贺《金铜仙人辞汉歌》诗中妙得"天若有情天亦老"佳句，后来者，欧阳修《减字木兰花（伤怀离抱）》则有"伤怀离抱，天若有情天亦老"；孙洙《何满子·秋怨》也有"天若有情天亦老，摇摇幽恨难禁"；贺铸《小梅花·缚虎手》同样有"衰兰送客咸阳道，天若有情天亦老"；万俟咏《忆秦娥·别情》还是有"天若有情天亦老，此情说便说不了"；毛泽东《七律·人民解放军占领南京》尾联"天若有情天亦老，人间正道是沧桑"也源出于此。通读作品可知，句子虽相同，但各家用在各自作品中，不仅作品表达的意蕴不同，所起到的语言作用也不同。罗辉在《集句诗词创作有感》中写道："李杜苏辛合一村，唐时砖瓦宋时门。拆迁犹建今人宅，用旧何曾不是新？"是呀，用旧何曾不是新。汉字诞生几千年了，旧不旧？几千年人人都在用，常用常新！词汇也是这样，打开各类词典，我们如今在用的词汇谁没用过？要说旧都是够旧的东西，那么，我们不一样在用这些旧材料建筑新大厦吗？

需要明白的是，"集句"非是"抄袭"，非是"原封不动，通篇借用"。尤其不能把别人的作品胡乱改上两个字就成了自己的"作品"，那样不仅违德，更是违法。在这一点上，集句诗作者的品性、操守是极敦厚甚至高尚的，作者纵然萃取了前人的现成文本，却是依据自己艺术创造的需要，进行艺术处理，同时，光明坦荡、心地磊落，"不带半点儿文饰、暧昧、损坏"，诗成，集取谁的句子在文后一一注明。

日本空海和尚《文镜秘府论》还有这样一段话："凡作诗之人，皆自抄古人诗语精妙之处，名为随身卷子，以防苦思。作文兴若不来，即须看随身卷子，以发兴也。"是说，摘抄前人名句名篇，随身带着，作诗之时，要是苦思不得，打开来看看，给自己一些新启发，让自己有一些新思路。南宋周紫芝甚至说："自古诗人文士，大抵皆祖述前人作语。"周紫芝年代，没有"互文性理论"一说，不能在理论高度来作评判，才说出"自古诗人文士，大抵皆祖述前人作语"，略有点丧气的话。

其实，"互文性理论"的提出，只是佐证一个事实：任何文本都不是孤立存在的,诗曰:"由来田父梦,耕作故人田。"所谓"耕作故人田",某种意义上是说:创新与传承其实密切相关。姜白石晚年编诗集自述:"作诗求与古人合,不若求与古人异;求与古人异,不若求与古人合;不求与古人合而不能不合,不求与古人异而不能不异。"白石先生片语中有传承与创新的大道理。这就如同自由与规则,世界上没有一种真正的自由是任意的,自由的价值体现于合理的规则之中。创新也是,所有创新绝非无本之新,随着国门的打开,诸多"创新"号称与"传统"无涉了(这里援用的"传统"系被误用之概念,真正意义上的"传统"应该是能传承下来且延续下去的内容),殊不知仍是"传统",只是些外国"传统"。此处列举曾影响我们这代人的一些外国作家诗人,比如拜伦生于1788年,雪莱生于1792年,狄更斯生于1812年,巴尔扎克生于1799年,雨果生于1802年,波德莱尔生于1821年,普希金生于1799年,莱蒙托夫生于1814年,托尔斯泰生于1828年,狄金森生于1830年,对照中国历史的时间刻度,他们算是乾隆、嘉庆、道光年间的外国诗人。如果单从时间刻度论"现代",他们距离"现代"有十万八千里之遥。还有,陡见未见之物,可谓耳目一新,深究起来,此"新"亦非彼新,或曰,"新"者未必是时间刻度中的后来者,而是进入视野的时间刻度。天文学上,太阳与地球相距约为1.5亿千米,以光速计算,此时照在你我身上的阳光,据说已是8分20秒之前的阳光,这其实也是在说"新"与"旧"的相对性。从这一维度切入,日本"明治维新"之新,我们"新文化运动"之新,以及我们所涉及的种种"新文学现象"与现实生活中引入的种种"新变革",

诸多之新，也或许只是些照在后来者身上的迟来的阳光罢。话题太大，此处不展开。

"互文性"强调任何文本都是与其他文本交互存在的，是对其他文本的重读、更新、浓缩、移位和深化，文本的价值正是体现在它对其他文本的整合之中。但如果把"互文性"从单纯文本中抽离出来，放大，我们还可以看到，"互文性"不仅存在于文本之间，更存在于文本与文本产生的文化话语空间。比如作者的文本和读者的文本，其实也是一种"互文"。萨莫瓦约（Tiphaine Samoyault）曾抛出这样一个观点："互文性又何尝不是对文学本身的追忆呢？在忧郁的回味之中，文学顾影自怜，无论是否定式的还是玩味般的重复，只要创造是出于对前者的超越，文学就会不停地追忆和憧憬，就是对文学本身的憧憬。"在罗兰·巴特眼中，尽管文本是一个多维空间，由无数话语构成，不存在原始的文本，但文本的这种复合性会汇合到一处——读者。罗兰·巴特甚至认为"一个文本的整体性"只能在读者（目的性）那里，而不能在作者（起因）那里。

作者与读者都是人。相对于文本之上的人，"互文性"同样具有某种启示。这里我想说一说"杯中何物"。杯中何物，是我跟学生交流时打的一个比方。我说人之精神或曰思想、认知等，如同杯中之液体，在生命过程，始终呈液态且处于不停变化的勾兑状态，像调制不同品质的鸡尾酒，人的经历、学历、阅读、交游、理解与领悟，甚至外在的影响和不可抗拒之力量，包括一切语境——无论是政治的、历史的，社会的、心理的，或者国学与西学等等，都是不同的酒基，当它们以不同剂量、不同流程、不同配比勾兑到你"杯"中，你就成了你，而不是其他人。从这层意义上理解"读万卷书，行万里路""听君一席话，胜读十年书""近朱者赤，近墨者黑"等前人的名言，其实都可以从"互文性理论"找到某种相似性。幼时读马克思"人是一切社会关系的总和"，不是很理解。当我们从单纯文本的"互文性"跳出，站到生命的高度，人与人之不同，譬如不同的器皿，杯中到底何物？良性循环的个体生命状态，某种意义上有点像"集句诗"创作：不断萃取这世界上可能有的最好的文明与精华，让一个原不同于别人的我，能诗意地栖居在这个世界上。

  回到集句诗。集句诗的基本单位是一句诗或半联诗。就是说，集句诗创作，只能在前人诗句中截取一人一句或半联，而不能照搬一整联更不用说一整篇。那么，创作时集取谁的诗句？集取其中哪一句？同样存在一个取舍问题。从外部来描述，集句诗的文体范式亦如同一只杯子，而集句诗作者，譬如调酒师，从前人丰富的诗歌矿藏中，截取你一点，截取他一点，汇入自己杯中，与杯中的既有液体混合，构成一杯口味独特的调制酒。前面说到，王安石、苏轼等人，他们与罗辉或其他集句诗作者，原本是不同杯皿，时空坐标轴之不同，杯皿内液体构成之不同，加之他们选取前人的诗材不同，集取前人诗句的取舍标准不同，甚至勾兑方式和产生的"化学反应"也全然不同，杯中物显见不同。正如罗辉诗中说的："大唐大宋大鹏鸣，留下千秋不朽声。集句于人意于我，自然别样境中情。"(《集句诗词创作感赋》)

  何谓"自然别样"？用罗辉话说："对集句诗词创作而言，需要将通常的从'感物'到'意象'，再到'语符'的审美思维过程，转换成从'感语'到'意象'，再到'用语'的审美思维过程。"这是罗辉对集句诗创作的理解。我相信，每个集句诗创作的人，都会有属于他个人的不同理解。不过，当我们读到罗辉《踏秋即兴集句》"数树深红出浅黄，嫩寒轻暖杂花香。人从鸦鹊声中出，风起平林纤月长"，能充分体会到诗家踏秋时悠闲自在的情感。诗的四个句子分别取之唐人刘禹锡、宋人杨万里、清人汤右曾、明人李梦阳的诗作。尽管罗辉未添写一字，表达的却是与前人不同的自我，这难道不是真正意义上的创作吗？！显然，我们在索求集句诗意义的时候，必然会把目光转向到集句诗创作者，是他们赋予了集句诗的新的意义，多一些或少一些。集句诗创作，事实上在用一种"勾兑调制"方式（或曰游戏性）探索语言、文本的意义边界。

  还有，集句诗创作还体现了一种经典崇拜，一种文学的追忆与憧憬，就像苏轼诗"世间好句世人共，明月自满千家墀"。反过来，集句创作也强化了经典，甚至参与了作品的经典化过程。此外，今人借古人句来表现当下生活，也是对传统文学的一种传承、发展，敢于借用前人诗句，必然要对其出处有详细的了解，对其语意也需熟读、明了以至通透。"借句"很多时候也包含在用典之中。罗辉曾引用清代朱庭珍《筱园诗话》关于用典的论述："驱之以笔力，驭之以才情，行之以气韵，俾自在流出，如鬼斧神工，不可思议，而一归于天然，斯大方家手笔。"

  不可否认，由于前面说到的种种限制与高难度，集句诗创作有点像高索造型或高索蹬单车甚至高索完成高难度的杂技动作，需要登高索如履平地，需要擅平衡、擅用巧用智。而另一方面，文学创作和诗歌创作本身，有时恰恰需要力避"用智用巧"。从这层意义上，集句诗如同回文诗、绝对、嵌字联等文学行为，过于依赖用智、用巧，似乎游戏的成分更多一些。这也正是尽管我们看到王安石、苏轼等大家都有集句诗创作，甚至对此津津乐道，但他们的主要诗歌成就并不在此。这也是讨论集句诗创作不能绕过的话题。

坦然的书写
——读陈社《艰难的父爱》

打开这本散文自选集,记忆一下子被激活,许多被岁月尘封的人和事,从这本打开的书中走出。

关于陈社的最初记忆,缘自陈社的父亲陈本肖。那是 20 世纪七八十年代,陈本肖先生在我听说尊名前已于 1963 年病故。可以想象,一个人辞世许多年之后,还会被人提及说起,这个人定然不一般。再加上说起陈本肖的人,语气中多带有一种景仰或推崇,因此,对于这位我未曾谋面、已故的前辈,我也是带着莫名的仰慕。泰州文艺界,罕见与胡风集团或多或少有些牵连的人,陈本肖就是这样一个。后来在陈社那里,我也曾听到我错过的这位前辈的诸多轶闻,还看到过他的许多遗稿,那是在陈社拟整理父亲的遗稿出版时。

我还记得终于有那么一天,我被介绍认识了陈社,别人一介绍这是陈本肖的公子,我立即"哦"了一声,仿佛我们已经相识,或者为了陈本肖的缘故我们早应该相识。介绍我们认识的人是长辈,我跟陈社却是同龄人。

　　与陈社的相逢、相识后,不几年,我便从工厂调入文化馆,这样一来,我们算是同在文化系统工作过的文艺工作者,不同处其时陈社是市文化局党委办公室主任,我的工作调动应当还过了他的手,至少他是知情者推助过我的工作调动。在泰州,陈社帮助过许多人,有些事于他或许只是出于正义、公道,但他的坦然处事、仗义执言,客观上却在某些具体事上面帮助了别人,只是当事人未必都知道。当我与陈社成为朋友时,随着交往增多对他的了解也越来越多,他也成了我过从甚密的朋友与文友。

　　由于朋友与文友这层关系,《艰难的父爱》中写于20世纪八九十年代的一些篇章我差不多都看过,有的我还可能是最早读者之一。20世纪80年代,小城泰州一帮文友找时间聚在一起交换阅读手稿、听取意见,是常有的事。陈社住的地方距离我家比较近,走动起来方便,因此,我写的文字他写的文字,发表前彼此阅读手稿似乎太正常不过。许多年过去,彼此生活内容有了巨大变化,变成当年怎么想象也想象不出的样子。有一点不变:当一个人偶然静下来,聚焦往事,会发现当年,当我们还年轻,一切都那么美好,回忆起来令人有种特别的温馨。遗憾的是,今天的生活节奏太快,它不让我们有很多时间来回忆往事,我跟陈社,在各自的生活场域,像两枚不同的小磁片被不同的磁场所吸附,似乎无暇相向寻望彼此。

　　《艰难的父爱》这本集子,分四辑,分别是:写人、说事、论理、问道。字面上,这四个关键词,把散文与随笔的特点都涵盖了。

在这本集子中，我们随处可见这样的文字，读到"从容俊逸"的陈社：

"祖父喜花卉，尤爱菊花。秋风起时，小小庭院已是菊的世界。"(《妹妹的故事》)

"船行得很慢，西边的太阳渐渐地隐去了，两岸的景物益发模糊了起来。"(《插队第一天》)

"在月色溶溶的场头，我东倒西歪地扶着你，走几步便和你跌在一起，一个四肢着地，一个独轮朝天。"(《独轮车忆》)

而在另外一些篇目中，我们又总能读到一个"逻辑严明、言辞犀利"的陈社：

"人生在世，需要有所禁忌，是谓没有规矩不成方圆。可禁忌太多也不是个办法，处处'红灯'当头，势必诚惶诚恐，无所适从……"(《从〈禁忌大全〉说到讳言"文革"》)

"古今中外，因讲真话不愿讲假话而招怨、惹祸的事情举不胜举。反面的教训太多、太深重了，拿鸡蛋往石头上碰的人自然愈来愈少。"(《讲真话》)

"'负面报道'包括哪些方面？也没见过明确界定，反正范围很广。上到高层出了腐败，下至草民偷鸡摸狗；大至出了天灾人祸，小至发现安全隐患；乃至正常的舆论监督，都可以视为'负面报道'而不予公开。"(《"负面报道"之我见》)

总体上，陈社的文风属于思辨色彩较浓的那种，因此，在写人、记事时，也时不时要发表一些议论，这是他文章的魅力所在。现实生活中，在文章中说一些真话，发一些或许不宜发的议论，未必对个人有利，尤其对一个长年从事宣传文化工作的基层领导而言。巴金在晚年曾倡导"要说真话"。说真话需要倡导，说真话的人令人钦佩，一定程度上印证我们还处于一个亟待治理的大社会环境。在这种环境中，人们需要有敢于说真话的人，而社会实践却让人心照不宣地明白：敢于说真话的人多半没有好果子吃。以陈社的智商、情商不会不明白这些道理。然而，读了他的《不如简单》《讲真话》《君子与小人》《坦然就不累》等篇章，人们就很容易明白，做一个聪明人于陈社：非不能为，实不愿为！尽管在行文中，他或许已考虑到尽量选择委婉一点的语调或温婉一点的措辞，在一些人眼里，他这样的宣传文化干部未必吃得开呢。

好在，陈社原本就是一个"坦然不怕累"的汉子。

水流云在
——读薛梅《一根思想的芦苇》

读到薛梅上一本散文集《坐看云起时》就想写一点什么，迟迟没动笔，有一种近乡情怯的感觉。认识薛梅是在20世纪90年代初，犬子张翼小学毕业后入泰州二中读书，薛梅是他班主任，当时她刚从大学毕业，自己还是个小女生。而我，与她见面后不久，因工作变动离开了泰州。一霎许多年过去。依旧记得学生家长第一次见到班主任的心情。小女生和班主任形象叠加在我脑海，伴随她和我作为文友交谊到今天。这一说也许多年了。每次相逢叙谈，聊起当年孩子读书受教的往事，似乎还记得那种学生家长见班主任的忐忑。

《一根思想的芦苇》是薛梅的第几本书？我不是很清楚，只知道她前面已出版过两本散文集，只知道这些年来，薛梅勤奋笔耕，在百事缠身的工作岗位，始终坚持写文章。《水流云在》是书中一篇文章。站在时间流过的河床，抬头看去，"坐看云起"

的云,"水流云在"的云,都还在,文章笔墨便是那些"云"。这也是写文章人的大幸福。古人常说"文章千古事",其实不是说写文章必将流传千古,尽管会有人有那样的好运气,而是作为延续生命的方式,千古以来,没有比文字更适合的选择。每当我们跟古人缺席交流时,今古之间,唯一的纽带和通道就是文章笔墨。此时,我在阅读薛梅文章,心中充满了喜悦。昔时的阳光又在面庞拂过,甚至还有花香草气,不仅仅在文字中,薛梅作为一个"植物迷恋者",自然写到许多花草树木,我在文字之外也嗅到了许多气息,乡情、故旧和往昔的岁月人生,一一被激活。由是,我深深感动于文字的力量,也感谢薛梅。我曾在一首诗中写道:"用26年岁月解说13年人生/行李很重,风很轻/有一些东西走着走着,走丢了/这些没写入解说词。"(《解说》)20世纪七八十年代,我曾经在泰州工作生活了13年。许多没写入"解说词"似乎"走丢了"的东西,因为薛梅的文字又寻了回来,水流云在,深藏于内心,鲜活在眼前。

《一根思想的芦苇》共分四辑,其实是两个板块:第一辑《花开花落》和第二辑《大地生灵》是与"草木""鸟兽"相关的板块,第三辑《梓里风尘》和第四辑《写意人物》是与"故里""人物"相关的板块。

关于第一板块,作者引用孔子《论语》:"诗,可以兴,可以观,可以群,可以怨,迩之事父,远之事君,多识于鸟兽草木之名。"薛梅引用"多识于鸟兽草木之名",不只是阐说《诗经》中多见花草树木,尽管"翻开《诗经》,葛覃、卷耳、桃夭、苤苢、蒹葭、隰桑、楚茨等,散发的尽是田野和植物的芬芳",也不是为了考证，如枚乘《七发》的"原本山川"和"极命草木"。作者有一种与"与草木鸟兽自然亲近"的天性。因了这种亲近，作者笔下，海陵古城的草木纷至沓来，《29棵树，29个传奇》一文中，我们一下子看到"老省泰中校园里的那棵古银杏"，"暮春桥畔的那棵桧柏"，紫藤街的"千年紫藤"，槐树巷的明代的"老槐树"……这些名木常年居住泰州的人未必能读遍。薛梅说，"也正因为泰州是一座古城，我们还会有这样的福分：不经意间在哪个街头、哪处园子与一棵古老的树不期而遇。它们是这座城市活的化石、活的文物。"《多德记趣》在第二辑《大地生灵》中，绝对是一篇大文章，它由一组写狗狗的文章组成，从"邂逅""起名""半夜狗叫"开始，到"多德改变生活""春天的诗行""多德的告白"结束，一共18篇"狗狗"两万六千字，差不多占了这本书六分之一篇幅。这让我想起我也曾写过一组10篇关于"猫猫"的文章，大约一万三千字。关键不在字数，在于我和薛梅都是喜欢"狗狗""猫猫"的人。读薛梅文章的惊喜还在于突然发现我们之间原来有那么多同类项。

《花开花落》这一辑中，薛梅记写许多花事，不但有牡丹、梅花、菊花这些"名门正派"，还写到了许多并不显赫的花草，她还写了："海陵城最美的泡桐花"，"野得不上路子"的夜饭花，"泼辣皮实的"栀子花。着实有痴花人模样。作为爱花人的同类项，我在薛梅的书里，读到许多草木知识，有不少在我的知识构成之外，我不得不借助百度来搜索查考。比如"吉祥草"另一个名字叫"书带草"，我即头一回听说。据薛梅考证，"东汉末年经学大师郑玄，字康成，其人性恬静，不愿做官，在康成书院讲学著述时，经常到书院附近的野地采集一些草叶用于编竹简。这种草比较特别，叶子宽而长，十分坚韧，而且四季常青，郑玄用这种草编作草绳用以捆书，这草就是麦冬，后来人们称之为'康成书带'，又称'书带草'。书带草名字诗意得很，有淡淡的书卷气。"一查一证，才知道"吉祥草"即宽叶麦冬。这可让我"涨姿势"了。还有"朱顶红"，上网搜一搜，才知此花原产巴西，有一个洋出身。朱顶红春天开花，冬天也开花。一年两季开花，这多好！读着薛梅的文章，我已在网上订了两盆朱顶红，我倒要看看这两季开花的花到底长啥样！薛梅写朱顶红的笔意其实落在人那里："这花起先其实是我的公爹，也就是孩子的爷爷养的。"看似随意的交代，却饱蘸深情："公爹已经离开我们三年了。他留下的朱顶红越长越盛，繁衍生息，年年花开。待到明年春天花期过后我留下的这一盆，估计又要分出几盆小朱顶红，当然，它们也会越长越旺的。"

薛梅写人写得真好。书的第二板块，她记写了许多人，其中也有我和她共同的熟人朋友。她笔下的人与我记忆中的人，是怎么一种共振？请看这篇《清风徐来一先生》，开篇写道："好久没见徐一清先生了，心里一直惦念着，终于前几日得了空，上门去拜望他。"于是，我也因此看到久违的徐一清先生了："先生烫一小盅酒自斟自饮，小口小口地啜，他的动作慢悠悠的，先生还是一向地讷于言，更多的时候是我说得多，先生微笑着颔首称是：'好好好。''嗯，不错，不错'。"熟悉徐一清的人都知道，这寥寥数笔，极其传神。令人如亲临现场。其间，我经过泰州，曾申请去看望一清先生，未能成行，后被告知一清先生当时正好患腿疾，步履不便。虽然没有亲见徐一清先生，却在薛梅文字中如睹真面。写人记事写到这份上，真是一支好笔。还有徐先生的"施湾北街121号的那个老屋"，当年在泰州，我也没少去。薛梅写道："那个清风吹拂的小院啊，靠近南围墙的地方长着一棵枇杷树，枝叶很葱茏，在风中摇曳着，老屋早已拆迁多年，那枇杷树却依旧在风中摇曳，摇曳在我的心里。那时节，先生还未年老，我还年少。"那时节，我还年少。这句话我大抵也能套用，只是多出一点岁月的苍凉。

潘浩泉先生也是我老友。薛梅的笔下："还是那样高高瘦瘦的身影""好像就是一根芦苇，一根瘦瘦高高思想着的芦苇"。也是入木三分的刻写。这些年，人在不同场域生存，受向心力作用，各自围绕不同工作或生活，在一个相对封闭的圆中运行，有时想到许多往昔的朋友故旧，百感交织。读着薛梅的文字，我似乎又看到潘浩泉的神情，"语速缓慢平和但语气坚定，是经过斟酌，一字一句吐出"，真个是一个活脱真人。还有叶茂中、徐飞等小友，老泰州城里我还有许多这样年轻的文朋诗友。读薛梅文章时，他们纷纷浮现，多年不见，记忆中的他们，还都是些男生女生。大前天，久疏联系的徐飞来电话，告知他女儿结婚邀请我回乡赴喜宴，好不惊喜。在施湾北街121号小院见到徐飞，还是一个话语不多、略带几分腼腆的小学生。电话中他告诉他女儿徐天滋和女婿周庭喜结良缘。挂了电话，诌了几句诗，把清风小院的几个人名嵌入，权作纪念："清风小院得天滋，雏鸟徐飞待此时。双雁环城传喜讯，周庭彰彩盼佳期。"

薛梅笔下的鸟兽其实也是在写人。如老杜笔下"感时花溅泪,恨别鸟惊心"。在薛梅书中听蝉歌,"这时节的蝉声不再像盛夏晴日下的高亢激越,侧耳细听,有一丝惆怅,有一丝悲凉,有一丝无奈,或许是对这生命短促的嗟叹,是对这繁华世界的眷恋,听着听着,心中也仿佛凄清起来。"夏蛙是另一种情调:"乡间的雨后或夜晚,侧耳去听,或许刚才还是一片寂静,'呱呱',忽地不知哪一只青蛙领了个头,打破了宁静,很快的,东、南、西、北,蛙声四起,蛙声如潮,好不喧腾!"夏末初秋,蛩吟是这样:"窗外墙角下、草丛里,许许多多杂糅的声音,仿佛凝成极细微的一线,远处的、近处的,终于钻入你的耳膜内。那声音是蟋蟀的、金铃子的、蝈蝈的,还有螽斯的,随着断续的风,时而滞涩,时而流转,而你却辨不出哪个是哪个的声音。"细辨这些自然界的蝉、蛙、蛩,其实都是人的情绪在漾动。

《梓里风尘》开头的导语即拨动人的心弦:"我们都是生长在这片土地上的一株麦子或者稻子,不过有的人是行走的麦子和稻子,有的人一直长在这里,一茬又一茬,一季又一季,一岁又一岁,生命在延续,生活也必将继续。"(《徐家垛,我永远的胎记》)多好的笔触。诸如"徐家垛,我永远的胎记","稻河,你在我心上流淌",乡情乡音,溢出纸外,读得人心颤颤的。当我读到"我出生在那里,在那里度过了七八年光景。当年的徐家垛还属于里华公社"这句时,停下来,计算一下时间,1980年前后,我刚进泰州造纸厂工作,曾被派到里华草站去收购麦草。1980年薛梅也应当读幼儿园或小学了吧,我与她固不能谋面,但当年徐家垛一定有人来里华草站上卖过麦草,这样算起来,我与她的出生地竟有过这一层交集。稻河也是。几年前,泰州市文联在那里建过一个里下河诗歌创作中心，我也曾递交过几幅作品，算是在那里挂过号。更早些时，我在泰州工作，家住老坡子街的关帝庙巷，离得也近，稻河是嘴边的词。还有，当年的一些文朋诗友也有住在稻河附近的。

《能饮一杯无》的场景我再熟悉不过，事实上，文中记写的茶叙小聚之处，就在我家附近。薛梅在文章中记写与友人聚叙的情绪，我在阅读中沉浸于自己的回忆。薛梅写："但下雪的日子总归近了。"我想起自己写于20世纪八九十年代的诗："你不会知道，小路上／你的脚下有我的碎片。"（《冬天里第一场雪》）薛梅写道，"后来在一个叫做巷口咖啡的小屋坐下来，这个咖啡屋正好就在钟楼巷和关帝庙巷的十字路口"，她说的那个地方，站在关帝庙巷48号我家门前应该能看到。"那一晚，我们三个许久未见的姐妹聊了很久很久，回头的时候，夜已经很深了，外面飘着细雨，巷子里的青石板湿漉漉的，忽明忽暗的路灯照在上面，反射出长长短短的光影来。"最紧要之处，在于"我们在巷口作别，她们沿钟楼巷往东去海陵路，我往北从关帝庙巷回家。寒夜里，寂静悠长的小巷里足音响起，'笃笃笃'，越来越远，足音渐杳"。薛梅"往北从关帝庙巷回家"，我的家门是她必经之路。当时的薛梅想必沉浸在与老友聚会的温馨回忆中。她不会知道，她所经过的关帝庙巷48号的门后，如果我有灵视和灵听，一定能看到听到。读薛梅读到这里，我对"水流云在"有了更多的理解。时间在流逝，一切成过往，记忆仍在，而一旦变成了文字，这记忆差不多成了永恒。薛梅的回忆是这样，作为阅读者我的被激活的记忆也是这样。

新诗审美与文化经验
——从新世纪的诗歌生态说起

论及新诗审美,有必要了解一下新世纪中国新诗的现状。韩作荣在文章《新诗:被遮蔽的写作》中有这么一段话:"应当说,我们的新诗当下已有长足的发展,甚至是脱胎换骨的巨变。在经历了20世纪与整个世界精神的血液循环之后,中国诗人已进入自主写作的状态,其中一些优秀之作,即使和世界上一流诗人的作品相较,也并不逊色。"在这段话的前面,韩先生还说:"难怪有人明确指出,目前一些看似一般的诗人的作品,质量都超过20世纪80年代的名篇,却没有了当时的影响。对此,我深有同感。"①

那么,到底是什么诱因,使得新世纪十年成为中国新诗发展中的重要时间刻度?或言之,新世纪十年诗歌是在一个什么

---

① 见《2009年中国诗歌精选》,长江文艺出版社2010年版,360页。

生态环境下，完成了"脱胎换骨的巨变"？这是一个值得追寻的问题。

新世纪的诗歌生态，有三个方面的现象值得关注：

一、诗歌文体写作的冷与泛诗歌文化活动的热。

诗歌文体写作的冷，从根本上，在于当下社会的价值取向不断趋于功利、实用，且越来越向着物质化大幅度倾斜。饱受物质化的压迫，人们的生活节奏越来越快、越来越带有紧迫感，心浮气躁几成生活常态，无名焦虑环绕四周。在这样的背景下，诗歌的阅读以及对诗美的追求，无疑是一种奢侈。再就是许多年来新诗美学教育的泛诗化的缺陷，导致一代代人已没有能力窥见现代诗美，而成为另一层意义上的扫盲对象，且诗歌文体写作的品质越是纯正，其接受难度越大。此二点注定了诗歌文体写作有着双重意义上的冷。

诗歌文体写作的冷，直接导致诗人头上的光环失色，那些与名利相关的附加值被消解，甚至有了一些不乏夸张的说法……附加值的被消解，分流、重组了诗人队伍，使留下的更多是一些不怕被"笑话"的人群。再就是强调文学承载的惯性，也不对一冷再冷的诗歌抱更大的希望，热衷于去寻找更适合当下传播且能得到呼应的新的载体。这些，都意味着曾经的诗歌大国，已经没有诗歌的位置与话语权，直接导致诗歌人口的剧减。从另一个角度，"冷"对诗歌文体写作的影响，未必全是负面的，某种意义上甚至有助于推进自主化写作，毕竟，过于关注附加值以及强调文学的承载，都对诗歌文体写作害大于弊。

泛诗歌文化活动的热，是进入新世纪以来一个引人注目的社会现象。在电视、报纸以及网络等媒体上，人们可以看到各式各样的由官方主办的诗歌节、诗歌朗诵会，以及征集与地方历史文化相关诗歌等活动的报道。这种热不是没来由的：首先是当经济发展到一定程度，一些地方政府与有识之士，开始意识到文化与文明重建的重要，当然也有一些地方并不掩饰他们"文化搭台，经济唱戏"的直接动机，因而把"泛诗歌"活动作为一种文化建设的谋略或应用于经济建设的手段；其次是"泛诗歌"作为一种文化活动，既有便于朗诵、传播的文体特点，同时也契合现行教育体制下泛诗歌美学的教育背景，即泛诗歌的接受人群要远大于对纯粹诗歌的接受人群；再其次，"泛诗歌"毕竟是诗歌的外延拓展和边界延伸，而诗歌作为公认的高雅艺术，在我们的传统中常常标示着一种文化品格，因此，当一个地方官员或地方政府选择泛诗歌文化活动这种形式，已经暗含了官员的文化品质不俗以及地方政府有很强的文化意识。

泛诗歌文化活动的积极意义在于，诗歌可以超出诗歌文体写作的冷而成为一个被媒体关注的话题。同时，由于这样的活动往往邀请一些诗歌界知名人士参与（一般这样的活动，都有诗人讲座或受众与诗人的直接对话等这样一些内容），一定程度上起到了推介、普及新诗美学知识的作用，可以弥补课堂诗美教育之不足，尽管诗人的介入尚不足以改变其"泛诗歌"的主导倾向。值得警惕的倒是有些活动由于主办者对诗美的理解与诗歌相去甚远，以及参与者大都与诗歌本身没有多大关系，这时，就可能在一些推介、传播中，用越界的"诗"甚或是非诗的理念误导受众（尤其是中学生），产生负面的影响。

不管怎么说,诗人在文本之外,受到一定的社会尊重并为媒体所关注,也未必不是好事。这不妨视作当下在文化生态方面,朝向 B 模式①努力的一种有意义的追寻。

二、纸媒介质诗歌出版物的拓宽与官刊、民刊审美趣味的趋同。

新世纪之初,中国作家协会主办的《诗刊》率先将月刊改成了半月刊,接下来改成半月刊的是《星星》诗刊、《诗歌月刊》、《诗选刊》等省级诗刊。一时间,国内几乎所有诗歌媒体都通过这种方式,直接或间接地扩大了版面或缩短了出版周期。这就使原有官办的极其有限的诗歌出版资源得到拓宽。与此同时,《扬子江》诗刊、《上海诗人》、《诗江南》等一些新增出版资源也先后投向诗歌现场,成为新增的诗歌出版园地。这些都是官办的纸媒介质的诗歌出版物。

纸媒介质诗歌出版物的另一个景观,是官刊与民刊的诗美趣味渐渐趋同,民刊已成为事实上的纸媒介质诗歌出版物的补充。

民刊肇始于新时期的文学复兴。民刊诞生的原动力,在于其诗美趣味以及美学追求方面与当时的官方媒体有较大不同。一部分不能被官方媒体接受的"民间"诗人,采取了在当时尚不被认可的另类出版方式,自编自印书刊,通过赠阅在诗人之间传播。进入新世纪以来,这样一些并不进入图书市场、仅供赠阅交

---

① "B 模式"是一个社会学、经济学的概念,其核心理念是让"A 模式存在的问题不至于发展到失控的地步"。而 A 模式指自然生态的恶化而导致地球不堪重负,最终导致人类社会的发展难以为继。

流的诗歌出版物，其传播过程中受到的限制越来越小，品种也越来越多。更由于官刊与民刊在诗歌美学趣味上已没有什么不同，许多最初从事"民间"写作的诗人，已经毫无障碍地在官刊上发表作品并受到应有的关注。因而民刊相对于官刊，在诗美趣味方面，已从过去的对抗变成了对后者一种补充。事实上，某些民刊由于受同人或圈子的局限，甚至没有官刊的开阔视野与包容度，一定程度上显示出其狭隘性。过去那种所谓"好诗在民间"的说法，也不再契合诗歌现场当下的真实。

进入新世纪以来，纸媒介质的诗歌出版资源通过整合、拓展，有了前所未有的扩大，且诗美趣味在纯正诗歌的前提下日益趋同，过去所谓官刊、民刊、国刊、省刊、地方刊物等种种区别，已经在诗美、好诗这样一种普遍价值的理念下被重新整合、区分。也就是说，在诗歌界，在诗人眼中，一本诗歌读物的好与差，与它的身份已没有多大关系，关键在于谁在办、办得好不好、诗歌界是不是认同。

三、网络传播技术手段的广泛应用使诗歌的生态发生了革命性的变化。

网络传播技术的便捷、即时、覆盖范围广等特点，以及其几乎不受限制的发布、传播、反馈方式，从创作、接受、批评等诸方面发生作用，给诗歌生态带来几乎是革命性的变化。

首先是创作主体。由于过去那种在纸质媒体发表作品的唯一性被打破，受制于诗歌编辑美学趣味的门槛也被拆除，写作的自主性有所增强。同时，由于网络传播的特点，对具体作品的认同与反馈，几乎可在作品发布的同时即得到实现，这就使作品形成的过程——创作、发表、反馈、修正、再创作——周期缩短，创作主体的创作激情被激活，创作经验的积累在阶段时间内更有效率地丰厚起来。负面的影响是审美趋同因之被放大，在被模仿的包围中，成熟诗人产生被模仿的焦虑并试图一次次突围；一些成长中的诗歌作者，容易对阅读认同产生期待，从渴望被认同到具体作品的美学追求有意无意中向被认同倾斜。而网络传播中的这种缺乏自觉的阅读认同期待，由于认同者的虚拟性（匿名）及其美学素养的差异性，无疑是有害的。

其次是阅读接受。在线阅读是网络传播最显著的特征，在线阅读的便捷性与即时性，从根本上颠覆了传统纸媒的阅读途径与方式。在纸媒时代，如果手边没有诗歌读物，就无法读到具体诗歌作品——事实上，任何作品的最终完成都包含着读者的参与。网络阅读的即时便捷，可以最快的速度实现诗歌美学知识的传播与普及，改变并提高诗歌读者的诗歌美学素养，从根本上改变始终滞后的课堂诗美教育，起到不断扫除"诗盲"的效果，进而，扩大阅读诗歌的人群。网络阅读的便捷，还使得诗歌的文本意义更加凸显。尤其是针对一些"著名"诗人，过去普通受众对他们的了解，往往得借助媒体或批评界对其的关注，而现在，人们可以很容易地通过搜索引擎找到具体作品来读。其结果，一是能通过具体文本加深对诗人、对优秀作品的理解，二是具体文本也会让某些借助于媒体或批评造势的诗人掉下神坛——毕竟在文本面前，真伪已经变得很容易识别。当然，相对于文学鉴赏，网络阅读还只能起到索引的作用，大部分属于浏览性质的阅读，不能取代纸媒介质的阅读、细读。过分依赖网络阅读，势必会导致误读、误解。

最后是批评。网络传播手段对批评的最大帮助,是批评家在利用资料方面有了前所未有的便利。同时,也在一定意义上起到了去蔽的作用。人的精力与时间总是有限的,批评家也不例外,因此所有从事批评的人都有一个视野受限的现实难题。在过去,不能进入批评家视野的具体作品,客观上存在批评家既不能大海捞针那样去搜寻作品并从中挑选出优秀的让他有话可说的文本,也很难收集相关的资料。因此,借助媒体关注或业界人士关注等各种信息,做一些有针对性的资料收集并加以评介和理论分析,是常有的现象。这也是无可非议的做法。显而易见,在这一前提下,被遮蔽的诗歌文体写作一定不在少数。当下,网络传播在扩大视野、提供索引以及搜集资料诸方面,为批评家提供了便利,使他们在精力和时间的利用方面,更加经济有效。另一方面,从批评视角来看,网络阅读传播所造成的遮蔽也是毋庸置疑的。海量的不加任何取舍的文本发布,以及网络传播一个致命的弊端——瞬时覆盖,使得一种新的更大的遮蔽成为很难克服的障碍。也就是说,过去的遮蔽存在于不能阅读到更多,而当下的遮蔽却是因为多得无法阅读。此外,还有趋同倾向与审美疲劳等方面的问题,也在阻碍阅读并影响其效果。这也正是为何在公认的诗歌"当下已有长足的发展"的客观实际面前,批评家在梳理诗歌现场与诗歌现象时,每每还是从20世纪的一些诗歌写作者那里寻找例证的一个理由吧。

诗歌生态是离不开诗歌审美的。当我们把话题转向新诗审美就会发现，前面对诗歌生态的描述，似乎还只是从专业的角度切入。新诗作为一种审美对象，其审美主体应该还有专业之外更宽泛的角度，只是，一旦从专业以外的角度切入，对于诗歌生态的描述几乎要重写。或者可以这么说，一个从专业角度去看原本是很乐观的话题，放到大众层面，却有可能成为一个或许是悲观的话题。为什么会得出这样的结论？也许得从大众的文化经验方面去寻找答案吧。

当专业人士包括一些汉学家，对当代中国新诗的艺术价值有了充分估价并将其放到国际背景下进行描述，大众对当代中国诗歌的评估却令人失望。这从诗歌受众的不断减少可以感知。关于诗歌受众的减少，下面将会论及，这里先列举比较偏激的例子。近年来，无论是网络上恶炒"梨花体"的网民，抑或是粉丝众多的少年才俊，还有大呼"文学已死"的"死亡派"，其中许多人不仅质疑新诗的艺术价值，甚至连新诗的存在意义也一概否定。比如某80后的少年才俊，就曾经发过这样的高论："我的观点一直是现代诗歌和诗人都没有存在的必要的，现代诗这种体裁也是没有意义的……但是，总体来说，我觉得现代诗的最多价值只能作为歌词的一个小分支存在。既然没有格式了，那有写歌词的人就行了，还要诗人做什么……"当然，这已经是陈年旧事了，据说此少年才俊近年来已对这些偏颇的言辞表达了歉意。其实，我引用这段话，并没有辨是非的意思，也无意让他修正自己的观点，尽管他已经做了自我修正。我只是因此想到新诗审美与文化经验的关系。而且，作为一个网络点击量过亿的博主，虽不能说认同他这段话的人也过亿，但认同或是仅仅看过他这段话的人，无疑不在少数，用这个例子来谈新诗审美的文化经验不至于太偏狭。

我们先来看看他的这句"既然没有格式了……"，尽管这句话在他也许只是信口道出，却源自他的文化经验：诗歌是有格式的。诗歌当然有格式，问题是我们经验中的"诗歌格式"，是什么时段的"格式"？如果我们是宋代人，当时的"格式"应当是唐代的律诗绝句；如果我们是元代人，当时的"格式"应当是唐诗、宋词；再往后，到了明清，元曲大约也成为一种"格式"……因此，宋代人、元代人都可能对现世不用前人"格式"写诗的人说："既然没有格式了……"可文学的发展和诗歌的发展证明宋、元之后，诗歌不仅没有消亡，反而以更多的"格式"存在于世。这是说的旧体诗的"格式"变化。

新诗是五四以来构建在白话文基础上的诗歌文体样式，它不可能像前面说的唐诗、宋词、元曲那样，是基于古文基石上的一种渐变。新诗文体变化与当代小说的文体变化一样，都构建在以白话文翻译西方文学的前提之上，翻译文本对当代小说和新诗的文体建设，有着至关重要的意义。那么，为什么当代人对当代小说文体的认同要远大于对新诗文体的认同？一是小说除了对语言的依赖，还得借重人物、故事、情节这些重要元素，而诗歌则对语言有更大依赖。再就是在我们的语文教育中，传统诗歌教育远比传统小说教育占的比重大。还有中国作为诗歌大国，以及古人"不学诗，无以言"的文化因袭，使民众有着近乎天然的重视传统诗教的习惯，我们经常可以看到一个儿童尚未上学识字，家长就开始教他背古诗。一个接受很多与当下不同美学趣味的人，与一个没有接受与当下不同美学趣味的人，对当下美学趣味的认同显然不一样，这也是当代诗歌与当代小说在普通受众中认同度不一样的一个重要因素吧。

　　基于古文语言环境的唐诗、宋词、元曲"格式"，不可能是新诗可以援用的"格式"。这位强调"既然没有格式了……"的青年，他的文化经验中没有现代诗这个概念，否则他就不会得出"现代诗就是敲回车键"的结论。在他的逻辑中，"没有了格式"的现代诗因此没有了存在的必要。旧体诗有严格的"形式要求"，受过基础教育的人都知道，旧体诗能否成立的前提是形式要素，一首旧体诗如果不合音韵格律，即可被断为非诗，哪怕它内容写得再好，也只能是打油诗。但是，当语言环境由文言演变为白话，今人还能用二十言的白话文写一首好的五言绝句吗？答案是：很难。既然旧体诗的"格式"已经不能承载白话文，很难抒发今人的情怀，它还能成为当代诗歌得已存在的前提条件吗？20世纪三四十年代冯文炳（废名）在北大任教时，回答学生提问"新诗与旧诗的区别"时，说过这样的话：旧体诗是用诗的语言写散文的内容，而新诗则是用散文的语言写诗的内容（大意如此）。显然，关于新诗、旧诗的不同，以及新诗文体的边界，在冯文炳（废名）那个时代就已相对明确。遗憾的是七八十年以后，严重滞后的诗歌美学教育，让今天的孩子其诗歌美学趣味苍老于七八十年前的老人。由于现行教育体制的缺陷，从课堂教育走出来的年轻人，现代诗美学知识几乎是空白。这是一个令人悲观的现实话题。这也正是一些年轻人看上去各方面观念都很超前、与时代贴得很紧，一旦具体到诗歌美学上，观念就变得极其陈腐的根本原因。他们的文化经验让他们成为诗歌美学趣味上的老人。作为一个曾经的诗歌编辑，因工作关系我曾接触过许多青少年诗歌爱好者，生理年龄让他们有着令人羡慕的青春年华，可放在眼前的诗歌习作却让我为他们陈旧的诗歌美学趣味无比沮丧。人常说"青春无处不是诗""花和春天，诗与少年"，诗教的缺陷以及诗意表达的缺失，让眼前的大好春光黯然失色。

有人说，新时期文艺复兴迄今已经三十多年了，为何诗歌人口仍在不断减员？这里的社会原因，前面已经阐述，这里依旧从文化经验的角度来寻找答案。由于文化经验的形成绝非一朝一夕之功，不是讲点儿道理就能有根本改变的，何况，即便到了今天，新诗的美学教育现状依旧没有根本的改观。也就是说，诗歌现场发生了重要变化，而诗歌的美学教育却依旧墨守成规，从课堂到社会输送一代代"诗盲"。还有，在新诗发展过程中，即使是诗歌营垒内，新旧两种观念始终处于抵牾状态，虽然总的趋势是新观念在不断推进、旧观念在节节后退，但也不排除在某些地区、某些方面，依旧是旧观念占有话语权，继续在传播"泛诗"甚至"非诗"的文本，从而继续对人们的文化经验产生不良影响。

在新诗审美方面，大众的文化经验有这么几个误区：

一是形式大于内容。由于旧体诗的诗美教育根深蒂固，但凡较少接触新诗的受众，都自觉不自觉地把诗歌形式作为诗的主要部分，有人甚至将其视为诗得以存在的前提条件。这里沿着冯文炳（废名）谈旧诗与新诗的区别，稍做进一步的阐释。如果我们把一首旧体诗翻译成白话诗，即消解它的形式意义，我们看到的还大都是散文语态上的叙事，比如"故人西辞黄鹤楼，烟花三月下扬州……""清明时节雨纷纷，路上行人欲断魂……"一旦译成白话，消除了音韵方面的形式美感，无疑会逊色许多。再比如苏东坡的悼亡词："十年生死两茫茫，不思量，自难忘……"这首《江城子》教材里选过，不需要全引出，也不需要做解释，如果试着把它翻译成白话，再来对照下面的一首现代悼亡诗，似可比较出旧体诗与现代诗的差别：

> 你说的话还在，
> 但嘴唇没有了。
>
> 你穿的衣服还在，
> 但身体没有了。
>
> 你穿的鞋，
> 有脚伸进、伸出的印痕，
> 但脚没有了。
>
> 没有了，没有了……
>
> 当我从远处回家，
> 别人的母亲还在，
> 我的母亲没有了。

（鲁西西《哭泣之歌》，《扬子江》诗刊 2004 年第 5 期）

在鲁西西这首诗中，诗赖以存在的不再是规范的诗歌格式，而是诗的内容——也就是说，新诗与旧诗的根本不同，就在于前者得以成立的先决条件不再是规范的形式，而是内容的诗意表达。这当然不是说新诗就没有形式元素。鲁西西这首诗的分段与空行其实也很考究，诗人抒写她从远方回家而母亲已经故去的伤痛。"你说的话"曾是一种真实的存在，而"嘴唇"这个与说话有依附关系的存在却没有了，"衣服"与"身体"、"鞋"与"脚"都是这样的关系，一段段写下来，这地方既是形式上的排比与递进，也可以让人感受到伤逝者睹物伤情的缓慢移动：哪里都不能看，哪里都不能联想，哪里都是伤心处！如果尝试着把空行（回车键）取消，把诗的段落加以改变，你就会发现这首诗的语感、节奏甚至整个意境都不对了，睹物伤情时那种凄惶，那种阻滞内心的哽咽，那种眼睛不知该往哪里看、身子不知该往何处停的茫然无措，就不能表现得如此妥帖。因此，现代诗的形式（断句、空行甚至标点），虽没有一定之规，同样需要用得恰到好处，乱用了不行。

这样一做比较，就不难明白，新诗是把诗意的表达放在第一位的，否则，诗就不能成立。这也是新诗其实更难写的理由之一。旧诗不同，许多懂得旧诗格律的人，用许多非诗的内容填在其中，却没有人敢说他不是诗，除非他用错平仄、押错韵。正因为大众的文化经验更多来自传统诗学教育，形式大于内容也就成为人们对待新诗审美的误区。

形式大于内容，作为一种文化经验，其实还不只体现在诗歌审美上。如果拓宽我们的视野，人们还会发现旧诗学教育甚至影响了整个民族的文化观念。比如我们的社会生活中，在"名与实"的关系上，常常"重名轻实"，强调"名正则言无不顺"，这其实也是一种形式大于内容。在日常生活中，人们也不难看到形式主义盛行，常常扭曲生活的本来面目，影响着人们的生活。

二是对及物的误解。任何一种文学现象都必须及物，这一点无可非议。前人说过的"诗言志"与"诗缘情"，说到底都是对诗的及物提出的要求。只是诗的及物方式有许多种，尤其是五四以来，东西方文化开始融合，诗的及物方式与途径越来越多元化。

20世纪80年代初关于朦胧诗的大讨论，其实是诗的及物方式的异见，在一个阶段时间进行剧烈碰撞。正方反方，许多人参与这场讨论，许多有名望的诗人和有见地的评论家介入其中。反对朦胧诗的声音，归纳起来只有一句话：读不懂。为什么有人说读得懂，有人说读不懂？说读不懂的人当中还有许多著名诗人。其实懂与不懂，只是对诗的及物理解不同。这场大讨论最终以反方失败而告终，正方的胜利，实质上是新诗在发展过程中开始克服对及物的误解。三十年过去，对今天的诗人而言，当年的所谓朦胧诗其实不朦胧，然而，对于不接触新诗的大众，读不懂当年朦胧诗的依旧大有人在。也就是说，时至今日，对及物的误解并没有真正消除。

对及物的误解，其实也源自滞后的诗美教育，此外，也一定程度上受到当时的意识形态的影响。旧体诗高难度的形式要求，如同一根高悬的钢丝，要在这根钢丝上走出漂亮的舞步，很容易导致诗在内容层面上及物的直接与表层化。比如"两个黄鹂鸣翠柳，一行白鹭上青天"便是这样一种形式大于内容的及物。其实，传统诗歌中不仅有"锄禾日当午，汗滴禾下土"这样直接的及物，也有"春蚕到死丝方尽，蜡炬成灰泪始干"那样委婉的及物。尽管后者同样被古往今来许多人归于晦涩、读不懂。

而延安时期以来意识形态对平民（工农阶层）文化的强调，从另一个层面加剧了及物方式的粗浅与简单。于是，这样一些及物，"小姑娘，辫子长，/穿着一身花衣裳。/每天早起挑尿肥，歌声唤起红太阳"和"如今唱歌用箩装，/千箩万箩堆满仓，/别看都是口头语，/搬到田里变米粮"（见《红旗歌谣》），粗浅、简单、通俗易懂，这些诗作被编进教材，编成诗集，让受教育者在长期的教育熏陶下，形成对诗歌审美的文化经验：及物的简单、直接，其表现出来的特征则是通俗易懂。

也正因为"简单、直接、通俗易懂"成了人们的文化经验，委婉、歧义、多元这样一些更具有张力的及物，就成了读不懂的东西。其实，在现代诗中，及物同样无所不在，比如这首诗："今天没有早晨／鸡没有叫　昨天没有夜晚／月亮没有升起……"诗中的"今天""昨天""早晨""夜晚""鸡""月亮""叫""升起"无不是及物，只不过它在及物的背面，或者在及物的喻义方面，不符合人们文化经验中对及物的"简单、直接、通俗易懂"的理解。由此可见，如果读不懂现代诗的人一定要说现代诗不及物，这只能说他们对诗的及物的理解有误。其实，许多强调读不懂现代诗或根本无法进入现代诗的人，横在他面前的障碍只是主体的文化经验。

毫无疑问，一旦把新诗审美置于大众文化经验的背景下，当下的诗歌生态，其实还只是小众化的生态。甚至可以这么说，在全民族的诗美素养没有较大提高，文化经验没有得到根本改变的前提下，新诗艺术越趋于纯粹，受众的减员可能会愈多。博尔赫斯说："一直到等到正确的人来阅读，书中的文字——或者是文字背后的诗意，因为文字本身也只不过是符号而已——这才会获得新生，而文字就在此刻获得了再生。"因此，期待"正确的人（读者）"的到来，意味着必须在新诗审美层面根本改变大众的文化经验。幸好，互联网时代的到来，让新诗美学教育的严重滞后现象得以改观。同时，在全球化的大历史背景下，世界范围内的文化交融、渗透日益加快，伴随着新诗文体写作不断发展、进步，新诗审美知识的普及提高，也伴随着社会文化建设不断取得长足的进步，在可以预见的将来，中国新诗不仅会在国际范围内得到业界人士的充分认可，还将拥有更多的受众。

新世纪诗歌的遮蔽与去蔽

"新世纪诗歌"最重要的时代背景,是传播技术的革命导致网络进入人们的生活,并且产生重大影响。未来的诗歌史对"新世纪诗歌"的书写,关于网络对诗歌的影响,一定会是问题的焦点。因此我以为,"新世纪诗歌"更精准的定义,应当是"网络时代的诗歌"。

说到"网络时代的诗歌",先要消除一个误会,即"网络时代的诗歌"并不只是所谓的"网络诗歌"。这是两个不同的概念。但凡把网络写作的某些特点,指认为新世纪诗歌的特点,就如同把卡拉OK唱歌,等同于歌剧院里的演唱,等同于声乐,无疑是一种错位。

当书写和传播方式发生了变化,被书写和传播的内容(诗歌)必然会受到影响并且产生相应的变化。"网络时代的诗歌",应当是体现出这种变化的诗歌生态。而所谓"网络诗歌",则是用书写、传播方式来命名被书写、传播的内容。这就等于说,历史上我们曾经有过甲骨诗歌、鼎铭诗歌、竹帛诗歌、刻印诗歌、活字印刷与胶版印刷诗歌，或手抄诗歌、广播诗歌、可视诗歌、音画诗歌这样一些区分与归类。由此可见，所谓的"网络诗歌"，其实是一个伪命题。许多通过网络传播诗歌的作者，只要他写的是诗歌，就一定只能在诗的意义下，在诗的范式中被接受、被评价，至于它的发布传播渠道是纸质媒体还是网络媒体，并不改变其诗的性质。而且，一般来说，由于纸质媒体审稿程序的规范性与权威性，当下通过网络自助传播的一些文学作品，依旧是通过纸媒的出版、发行途径，来完成它最后的传播的。这就好比歌唱家到卡拉OK去"OK"一下，依旧是歌唱家；而通过练歌房练出来的歌手，依旧得通过歌剧院等在专业舞台上被人确认。

网络时代的诗歌生态

网络传播技术的便捷、即时、覆盖范围宽广等特点，以及其几乎不受限制的发布、传播、反馈方式，从创作、接受、评价等诸方面发生作用，给网络时代的诗歌生态带来了几乎是革命性的变化。

首先是创作主体。由于过去那种在纸质媒体发表作品的唯一性被打破，受制于诗歌编辑美学趣味的门槛也被拆除，写作的自主性有所增强。同时，由于网络传播的特点，对具体作品的认同与反馈，几乎可在作品发布的同时即得到实现，这就使作品形成的过程——创作、发表、反馈、修正、再创作——周期缩短，创作主体的创作激情被激活，创作经验的积累在阶段时间内更有效率地丰厚起来。其负面作用有：1."门槛"的拆除，导致伪诗劣诗的盛行，就像出入歌厅的许多喜欢唱歌却未必能唱、会唱的爱好者，常常把"七个音"的调唱成"三个音"的调；2.由于传播的便捷，克隆、复制在技术层面变得极其容易，因而，当趋同倾向被无限放大，模仿与被模仿，会让一般的习作者在美学趣味上朝秦暮楚、无所适从，而成熟诗人则会因此产生被模仿的焦虑并试图一次次突围；3.瞬时即可被认同，容易导致创作主体对阅读认同产生期待，从渴望被认同到具体作品中的美学追求有意无意地向被认同倾斜，而网络传播中的这种缺乏自觉的阅读认同期待，由于认同者的虚拟性（匿名）及其美学素养的差异性，无疑弊大于利。

其次是阅读与接受。在线阅读的便捷性与即时性，改变了传统纸媒的阅读途径与方式。在纸媒时代，如果手边没有诗歌读物，就无法读到具体诗歌作品，事实上，任何作品的最终完成都包含着读者的参与。网络阅读的即时便捷，使诗美知识可以最快速度传播与普及，改变并提高诗歌读者的诗歌美学素养，起到了不断扫除"诗盲"的效果，进而，扩大了阅读诗歌的人群。网络阅读的便捷，还使得诗歌的文本意义更加凸现，尤其是针对一些"著名"诗人，过去普通受众对他们的了解，往往得借助于媒体或批评界的关注，而现在，人们可以很容易地通过搜索引擎找到具体作品来读，其结果一是能通过具体文本加深对诗人、对优秀作品的理解，二是具体文本也会让某些借助于媒体或批评造势的诗人掉下神坛，毕竟在文本面前，诗人的真伪已经变得很容易识别。网络阅读的最大弊端，在于屏幕限制、移动鼠标换屏、瞬间覆盖等在线阅读的限制，使其更多具备浏览性质。而浏览显然不能取代纸媒介质的阅读、细读。尤其是诗歌这样含蓄、节制、有张力的文体，浏览式阅读势必导致误读、误解。反过来，浏览的特点还会导致迎合浏览阅读的浅显、媚俗以及口水化的写作倾向。

最后是评价。网络传播手段对批评家的最大帮助，是在利用资料方面有了前所未有的便利。人的精力与时间总是有限的，批评家也不例外，因此所有从事评价的批评家都有一个视野受限的现实难题，在过去，不能进入批评家视野的具体作品，会被遮蔽。网络传播则在扩大视野、提供索引，以及搜集资料诸方面，为批评家提供了便利，使他们在精力和时间的利用方面，更加经济有效。另一方面，海量的不加任何取舍（没有门槛、卡拉OK式）的文本发布，以及网络传播一个致命的问题——瞬时覆盖，又造成新的更大的遮蔽。这也就是说，过去的遮蔽是因为不能阅读到更多，而当下的遮蔽却是因为多得无法阅读。此外，还有趋同倾向与审美疲劳等方面的问题，也在阻碍阅读并影响其效果。

网络导致新的遮蔽

前网络时代很多的文学遮蔽都是因为传播受限。比如工业时代的发表、出版，再比如农耕时代的口传、手抄、刻印等等。这些传播各有各的局限，因而，历朝历代都有被遮蔽现象。遮蔽可以是一时的、当下的，有一些被遮蔽的作品在后世得到彰显，比如张若虚的《春江花月夜》在被遮蔽700年后，终于有了"孤篇压全唐"的定评；也有一些被遮蔽的作品在后世得到部分的彰显，比如"古诗十九首"，其文本虽然流传了下来，而作者却无法认定。不过，持续的遮蔽将导致最终的湮没与失传。

而在信息爆炸的网络时代，遮蔽却与传播的全无限制有关。当传播技术进步到全民都可以通过各种终端，如电脑、手机等设备，向网络这一公共空间发布、传播各种信息，人们的眼睛已经不胜负荷。于是"抢眼球"这一新词汇出现了，作为经济场域吸引注意力的关键词，"抢眼球"甚至被放大成"眼球经济"，成了信息化时代的规范动作之一。

虽然诗歌是一种语言艺术，需要沉潜安静的写作心态，这也应该是诗歌写作的前置条件，但在另一方面，诗歌也是存在于传播过程中的一种信息，且是一种被当下社会价值取向"边缘化"的信息。在信息爆炸导致各种信息争抢眼球的网络时代，沉潜安静的写作已经变得殊为不易，一些不甘被遮蔽的写作者们，也纷纷不惜用越位的动作去"抢眼球"。比如制造某个网络事件，用年代写作来归类不同的写作现象，划定一个几无共性的代际然后集体出镜，设定某个耸人听闻的话题，或营造一些似是而非的概念等，以此"抢道行车"、赢得关注。那些沉潜安静的写作者们真正优秀的诗歌创作却反而会被遮蔽与忽视。

对于竞争激烈和功利性的经济活动来说，在一个大家都去"抢眼球"的时代，"抢一抢"也未尝不可。而诗歌这样的高雅艺术，小众化原本就是它的特征之一，一些作品即便是"洛阳纸贵"，也依旧属于小众范畴。通过"拼抢"进入镁光灯下，与"超女""达人"去争抢镜头，或者在网络上"抢"出天文数字的点击量，这些为大众文化经验所如此认同的诗，它还是优秀的诗歌文本吗？真不好说。从诗歌艺术特点出发，诗歌本身即是一种慢，而不是快，更不是"时间就是金钱"那样一种能体现速度意义的效率。因而，沉潜安静、慢这样一些特质，很容易让诗歌在传播没有任何限制的网络时代，被许多芜杂的信息遮蔽甚至湮没。这里其实存在一个悖论：沉潜安静的写作有可能被遮蔽，而不断闹出动静引人注目的又往往与诗歌本旨偏离。我以为真正的诗歌只会依照它自己的艺术特点，在浮躁的社会情绪下潜行，那些通过争抢、抛头露面而"赢得眼球"的所谓诗歌，则非常可疑。

去蔽的必要与可能

张清华在《多种声音的奇怪混合》(《文艺报》2011 年 7 月 6 日) 中说："当我们试图用'整体性'的叙事来概括如今的诗歌状况的时候，总是会有悲观或苛刻的论调，而当我们真正陷入个体的阅读之中的时候，情况却总是恰恰相反。"在这段话的前面，张清华还说："每当我进行编辑年选工作的时候，总是陷入一个巨大的'细读的喜悦'之中，我感到中国的'好诗人'从来也没有像今天这样众多，他们的技术从来也没有像今天这样细腻和过硬，汉语新诗问世的一百年来，其表达力从来也没有像今天这样丰富和准确……"

作为一个诗歌编辑和诗歌写作者，当我为遴选稿件和出于鉴赏的目的进行细读时，我的个体阅读体验与张清华也大致相同。

为什么对新世纪诗歌的"整体概括"与"个人阅读",其判别会如此不同?深究一下,应当正是遮蔽的结果。而我与张清华之间并无交流却有如此相似的个人阅读经验,恰好为我想阐说的"遮蔽与去蔽"提供了佐证。

遮蔽针对的主要是诗文本。就是说,如果仅从各种热闹非凡的以诗歌名义举办的泛诗歌文化活动进入,从公众传媒关注的那些与诗歌没有关系的事件进入,从潦草、凌乱、随意凭着"抢道行驶"挤到前面的诗文本进入,我们大体可以得出"悲观与苛刻"的结论。如果我们沉潜下去,从诗文本阅读或细读的角度进入,结论将被改写。

当不断刷新的传播技术,使得"抢眼球"也在诗界盛行,并吸引有着泛诗歌文化经验的公众的关注,沉潜安静写作的"好诗人"虽然"众多"也只能面临被遮蔽。这也从另一个层面说到了去蔽的必要性。

好比我们面对一个表层被大面积污染的水面,泛着泡沫、渣滓、浮萍,荡漾的水草丛说不定还有死鱼死虾,你一定会得出"悲观与苛刻"的结论。然而,在深水区,在污染还没能达到的深度水域,鱼虾等水生物,依旧是在一个健康的生态环境中生长繁衍,关键是我们必须潜入深水……其实,细读文本也是一种潜水。只是当下的价值取向,使得"弄潮儿"远远多于"潜水者"。

被"遮蔽"遮住眼睛的"悲观与苛刻"还疏忽了一个重要内容,那就是艺术的生命长度,绝非肉体生命所能丈量。两百年乃至更久,当时间蚀了我们有限的生命,净化、沉淀、过滤了许多沉渣与泡沫,当地球换了一茬茬新人,今天的处于深水被人淡忘的诗文本,却有可能是浮在未来洋面上的极少的岛屿。

因此,我们今天需要做的,是告诫那些把力气都花在诗外的人,如果你还想在诗的范畴活完你的个体生命,千万别模仿那些"一手交钱一手交货"式的有着确定功利目标的"眼球经济",去"抢眼球"或"抢道行驶",尤其是通过"抢道"的方式被关注。艺术从来只注重质量,尽管人性的弱点,让我们容易被掌声、鲜花诱惑,当我们走下领奖台,走过红地毯,一定要有足够的清醒认识,那些东西都是我们喜欢的内容,可它们并不重要,它们只是偶然碰上了我。我们要做的事情依旧是沉下心来写好每一句诗,依旧是古人说过的话:宁静致远。

我们需要做的还有,我们的社会环境、诗歌从业者,必须把"去蔽"作为目标与追求,要通过努力逐渐确立一种价值取向,来倡导沉潜安静的写作,要为我们的后人提供更多有价值的诗歌艺术信息,供他们去梳理。我们还需要从教育开始校正整个社会的泛诗化倾向,让更多人具备新诗审美经验,让伪诗没有市场,也要让那些动辄言"新诗就是回车键"的人,看到令他们信服的诗文本。

网络时代的诗歌去蔽,还需要我们逐步建立健全新诗的美学体系。要通过办好诗歌纸媒,颁好诗歌奖项,搞好新诗美学教育等,在诗人、诗评家、诗歌编辑、新诗教育工作者的共同努力下,研究探测新诗的美学边界,逐步建立相对清晰又始终向前移动的新诗美学标准,并完备新诗美学的评价方式与教学体系。

网络时代的诗歌去蔽,诗歌纸媒责无旁贷。当网络传播拆除所有门槛、去除一切标准，有着完备审稿程序的纸媒，理应以"去蔽"为主旨，通过对优秀诗文本的追寻、推介，会同诗人、诗评家、诗教工作者，共同担当起建立新诗美学标准、求证新诗评价方式的重任。

中国书法与汉语诗歌

中国书法是一门古老的汉字的书写艺术,也是一种很独特的视觉艺术。沈尹默曾说:"世人公认中国书法是最高艺术,就是因为它显示惊人的奇迹——无色而具图画的绚烂,无声而具音乐的和谐,引人欣赏,心畅神怡。"

作为一种诉诸视觉的艺术形式,中国书法最终体现为凝定在纸上的形态,无论是悬挂墙上还是置诸案头,都是一种静态的欣赏。但是,好的书法作品却总是给欣赏者以动感。汉字书写过程的运动与呈现出来的动感,具有明确的指向性、不可重复性和不可逆性。这一特点,与音乐、舞蹈十分接近。早在唐代,张怀瓘就把书法同音乐相提并论,认为如果没有"独闻之听",是无法来讨论书法这"无声之音"的。近代以来的学者也赞成这一观点。宗白华说:"中国的书法,是节奏化了的自然。"徐悲鸿说:"中国书法……有如音乐之美。点画使转,几同金石铿锵。"

因此,书法欣赏者从凝定的作品,读到书写的运动过程,感受存在于纸上的运动节奏。南宋姜夔说:"字有藏锋出锋之异,粲然盈楮,欲其首尾相应、上下相接为佳。"盛熙明与姜夔有同样的感受,他说:"每观古人遗墨存世,点画精妙,振动若生。"在汉字书法中,草书给人的动感最为强烈。萧衍《草书状》说草书"有飞走流注之势",宋曹说:"种种笔法,如人坐卧、行立、奔趋、揖让、歌舞、擘踊、醉狂、颠伏,各尽意态,方为有得。"唐代著名草书家张旭,曾经观看舞者公孙大娘表演剑器舞,因而得悟草书的精意;又传闻他曾经见到公主和担夫争道,由彼此之间的动势而领会草书的要诀。

中国书法以汉字为表现内容,因此,中国书法艺术的形成、发展,与汉文字的产生与演进有着密不可分的连带关系。在世界文明中,汉字是一个非常独特的存在。汉字是世界上唯一还在广泛使用的语素文字,也是世界上唯一具备形、声、意三种表达形式的文字。汉字有着4000年以上的历史,其发展的大致脉络是:结绳记事—图画字—象形文字—形意文字—意音文字。

汉字是中国书法的重要构成元素。方块汉字与拼音文字有着本质区别:一是汉字数量多,共有9万多个,常用字也有7000多个;二是汉字的结构特点非常适合艺术造型,由象形文字发展而来,通过笔画构成千变万化的造型,每一个字不一样;三是每个汉字都有自己的独立含义——字母没有独立含义,组词后才有含义。

中国书法的书写工具"笔墨纸砚",尤其是毛笔、宣纸的使用,也丰富了书法的表现力。毛笔、墨色和宣纸相结合产生水墨的虚实变化,也使得书法艺术的变化更加丰富。

中国的文化传统与书法有着密不可分的关系。中国文化的一个重要传统是诗教,孔子曾说"不习诗,无以言",中国古代文化人无一不会作诗,换言之,在古代中国,不会作诗就不算是文化人。而书法,作为一种书写诗文的手段,它记载、传承了中国诗文传统。历史上,中国历代书法家都是诗人,无一例外。反之,由于诗文书写的工具与手段所致,也可以说,古代所有诗人都曾是"书法家"。

中国书法和汉语诗歌的关系,也只有放置于汉字语言环境,才能进行有效的梳理。汉语不但音义统一,而且在外形上也一律采用一字一音、大小同样的方块字来表示,而不是由若干字母拼写而成。由于书法是诗文的书写手段,因此,当汉语诗歌离开口头吟诵,变成可读的文字,书法则与之共生。中国书法与汉语诗歌的关系,还体现在它们具有许多相近的艺术特征:

首先是以简驭繁。书法艺术的形式,最为简单不过——汉字,黑白线条,至多加上纸色、装裱形式以及红色印章的搭配。传统汉诗大多为五言七言,字数极少,比如李白的"床前明月光"、王之涣的"白日依山尽",一首诗才二十个字,诗境高远,哲思冥想,千古流传,妇孺皆知。唐代张怀瓘说:"文则数言乃成其意,书则一字已见其心,可谓得简易之道。"

其次是情动于中。艺术是人的创造,书法与其他一切艺术一样,必然反映创作主体的心智、性情、修养乃至技术能力等方面的特征。东汉文学家、书法家赵壹曾说:"心有疏密,手有巧拙。书之好丑,在心与手。"刘熙载《书概》说:"书为心画,故书也者,心学也。"

最后是书写汉语诗歌时，诗歌的节奏与音顿，一定程度上也影响到书法的节奏与气息。汉语诗歌的一大特点是：节奏单位就是意义单位。

汉语诗歌节奏就是由这种音顿的有规律的反复所生成。中国古代第一部诗歌合集《诗经》的诗歌，主要是四言诗，也就是由两个双音顿组成的"二二"形式，古代五言、七言诗则分别是以双音顿为主而以单音顿结尾的"二二一"形式（例如李白《静夜思》：床前/明月/光，疑是/地上/霜）和"二二二一"形式（李白《早发白帝城》：千里/江陵/一日/还）。

还有汉字的音调，仄声短促，平声悠长。汉字的音调，在诗歌中尤其在诗歌吟诵中，增强了抑扬顿挫、跌宕起伏的语音效果，中国汉诗的音顿与节奏，也映射为中国书法的书写节奏。事实上，许多书法作品的构图都有仄短平长的节奏与汉字的语音效果。

故，欣赏和理解中国书法，一定意义上构建在对于中国诗歌的阅读与理解之上。古人所说"腹有诗书气自华"以及"诗书一家""书为诗文之余"等，其实都是强调了书法与诗歌的关系。

后　记

时间会改变许多事。这感觉在有经历的人那里,尤其逼真。许多年前一个嗜书如命,几乎抓紧所有可利用的时间来阅读的人,如今也觉得阅读成了一个问题。

首先是书太多。这在当年很难想象。如同生活在粮食紧缺年代的人,一下子进入不愁吃、也吃不完的状态。

其次就是上架书的品质。书越出越多,出了书可以上架,可以获得权威人士的推介与点评。严格意义上,这时的许多书也差不多等于一种卡拉OK式的自媒体。走进书店,发现书架上书越堆越多,挑选书的难度却越来越大。一来二去,逛书店的热情也随之下降。

最后还有阅读者自身的问题。当一个人打开手机或网络,几乎不用很费事就能找到他想要的知识点或信息线索,这时,到图书馆去查书、做笔记、摘抄卡片,似乎也就成了一种迂腐行为。这种碎片式的阅读与摘览,滋养了现代人的浅阅读习惯,使得许多人即使坐在书本前，也往往心情潦草、神不守舍。还有网络阅读中的超级文本链接，更是忽悠人的一个个迷宫，一个人因为 A 栽了进去，在里面转悠几个钟头，最后在 Z 那里逗留许久，找不到回家的路。

其实，最终还有一个社会价值取向的大问题。务实致用，让无直接功利的读书变得奢侈，且不说一般人群，即使一些原本以读书为生的人，也往往把致用作为读书的前提。

这些，都决定了今天的有效阅读，似乎遇上了前所未有的困难。真正的有效阅读，有点儿像"宝剑赠英雄，红粉赠佳人"，二者必须能对上。

读古人书，看看那些古人，在林下，山中，总煞有介事又似乎徒劳无益地写那些劳什子。那时没有刊登发表这说法，更没有网络媒体这些新玩意儿，哪怕是李白、杜甫，他们写出的诗文，除了身边过从的那几个人，同代人其实很少有人读到。深究一下，今天李白、杜甫的知名度，比起当年不知道要高出多少多少倍。

其实，写自己想写，读自己想读，也许才真正是写作者与阅读者的初衷。其他都是过程中被扭曲的结果。上天给每个写作者不同的矿产资源，写作也就等于开矿。当我们一路走来，看到遍地皆废矿，就明白人的天性即好逸恶劳。人总是厌于劳作，倦于开矿。因此，不管什么品质的矿源，钻石金银荒铜废铁，开采出来就好。对于读者，则人人皆可选择他喜欢的读物，读什么不读什么是他的权利。

回到时间上来。时间是一头无情怪兽，它一抬手，写作者的辛劳与阅读者的喜悦，都会被抹去，任何人都别心存侥幸。最后，能留下的只能是上天给出的最宝贵的天赋资源，同时借助于不管不顾的辛勤开采，才得以呈现的优质矿藏，使之以艺术的形式，传之后世，千秋万岁。